林清玄

太阳下山有月光

林清玄 著

中国致公出版社

风过林梢，
白雪年少。

一个人对于苦乐的看法并不是永久的。许多当年深以为苦的事，现在想起来却充满了快乐。

目 录

布履一双，
清风自在。

布履一双，清风自在，
我有明珠一颗，照破山
河万朵。

你心柔软，
却有力量。

心是一切温柔的起点。当我们心怀柔软的那一刻，才能斩断过去的忧愁和未来的恐惧，得到真正的自由。

江湖寥落兮，
归故乡。

生命只是如此前行，不必说给别人听，只在心里最幽微的地方，时时点着一盏灯，灯上写两行字：今日踽踽独行，他日化蝶而去。

渺渺茫茫，
归彼大荒。

开悟的鞋垫我也穿了，开悟的茶水我也喝了，但人世的烦恼与苦痛我仍然如是面对。

一个人对于苦乐的看法并不是永久的。许多当年深以为苦的事，现在想起来却充满了快乐。

风过林梢，
白雪年少。

白雪少年

如果早知道，我就不是纯净
如白雪的少年，而是一个多
虑的少年了。

　　我小学时代使用的一本中文字典被母亲细心地保存了十几年，最近才从母亲的红木书柜里找到。那本字典被粗心的手指扯掉了许多页，大概是拿去折纸船或飞机了，现在怎么回想都记不起来，由于有那样的残缺，更使我感觉到一种任性的温暖。

　　更惊奇的发现是，在翻阅这本字典时，找到一张已经变了颜色的"白雪公主泡泡糖"的包装纸，那是一张长条的鲜黄色纸，上面用细线印了一个白雪公主的面相，于今看起来，公主的图样已经有一点粗糙简陋了。至于如何会将白雪公主泡泡糖的包装纸夹在字典里，更是无从回忆。

　　到底是在上中文课时偷偷吃泡泡糖夹进去的？是夜晚在家里温书吃泡泡糖夹进去的？还是有意保存了这张包装纸呢？翻遍字典也找不到答案。记忆仿佛自时空遁去，渺无痕迹了。

　　唯一记得的倒是那是一种旧时乡间十分流行的泡泡糖，是粉红色长方形、十分粗大的一块，一块五毛钱。对于长在乡间的小孩子，那时的五毛钱非常昂贵，是两天的零用钱，常常要咬紧牙根才买来一块，一嚼就是一整天，吃饭的时候把它吐在玻璃纸上包起，等吃过饭再放到口里嚼。

父亲看到我们那么不舍得一块泡泡糖，常生气地说："那泡泡糖是用脚踏车坏掉的轮胎做成的，还嚼得那么带劲！"记得我还傻气地问过父亲："是用脚踏车轮胎做的？怪不得那么贵！"惹得全家人笑得喷饭。

说是"白雪公主泡泡糖"，应该是可以吹出很大气泡的，却不尽然。吃那泡泡糖多少靠运气，能吹出气泡的记得大概五块里才有一块，许多是硬到吹弹不动，更多的是嚼起来不能结成固体，弄得一嘴糖沫，赶紧吐掉，坐着伤心半天。我手里的这一张可能是一块能吹出大气泡的包装纸，否则怎么会小心翼翼地夹作纪念呢？

我小时候并不是很乖巧的那种孩子，常常因为要不到两毛钱的零用就赖在地上打滚，然后一边打滚一边偷看母亲的脸色。直到母亲被我搞烦了，拿到零用钱，我才欢天喜地地跑到街上去，或者就这样跑去买了一个"白雪公主"，然后就嚼到天黑。

长大以后，再也没有在店里看过"白雪公主泡泡糖"，都是细致而包装精美的一片一片的"口香糖"。每一片都能嚼成形，每一片都能吹出气泡，反而没有像幼年一样能体会到买泡泡糖靠运气的心情。偶尔看到口香糖，还会想起童年，想起嚼"白雪公主"的滋味，但也总是一闪即逝，了无踪迹。直到看到字典中的包装纸，才坐下来顶认真地想起"白雪公主泡泡糖"的种种。

如果现在还有那样的工厂，恐怕不再是用脚踏车轮胎制造，可能是用飞机轮胎了——我这样游戏地想着。

那一本母亲珍藏十几年的字典，薄薄的一本，里面缺页的缺页，涂抹的涂抹，对我已经毫无用处，只剩下纪念的价值。那张泡泡糖的包装纸，整整齐齐，毫无毁损，却宝藏了一段十分快乐的记忆，使我想起真如白雪一样无瑕的少年岁月，因为它那样白，那样纯净，几乎所有的事物都可以涵容。

那些岁月虽在我们的流年中消逝，但借着非常非常微小的事物，往往一勾就是一大片，仿佛是草原里的小红花，先是看到了那朵红花，然后发现了一整片大草原。红花可能凋落，而草原却成为一个大的背景，我们就在那背景里成长起来。

那朵红花不只是"白雪公主泡泡糖"，可能是深夜里巷底按摩人悠长的笛声，可能是收破铜烂铁老人沙哑的叫声，也可能是夏天里卖冰激凌小贩的喇叭声……有一回我重读小学时看过的《少年维特的烦恼》，书里就曾夹着用歪扭字体写成的纸片，只有七个字："多么可怜的维特！"其实当时我哪里知道歌德，只是那七个字让我童年伏案的身影整个显露出来，那身影可能和维特是一样纯情的。

有时候我不免后悔童年留下的资料太少，常想："早知道，我不会把所有的笔记簿都卖给收破烂的老人。"可是如果早知道，我就不是纯净如白雪的少年，而是一个多虑的少年了。那么丰富的资料原本也不宜留录下来，只宜在记忆里沉潜，在雪泥中找到鸿爪，或者从鸿爪体会那一片雪。

这样想时，我就特别感恩着母亲。因为在我无知的岁月里，她比我更珍视我所拥有过的童年。在她的照相簿里，甚至还有我穿开裆裤的照片。那时的我，只有父母留有记忆，就像我虽拥有"白雪公主泡泡糖"的包装纸，但那块糖已完全消失，只留下一点甜意——那甜意竟也有赖于母亲爱的保存。

风过林梢，白云年少。

飞入芒花

母亲蹲在厨房的大灶旁边，手里拿着柴刀，用力劈砍香蕉树多汁的草茎，然后把剁碎的小茎丢到灶中大锅，与馊水同熬，准备去喂猪。

我从大厅迈过后院，跑进厨房时正看到母亲额上的汗水反射着门口射进的微光，非常明亮。

"妈，给我两角。"我靠在厨房的木板门上说。

"走！走！走！没看到没闲吗？"母亲头也没抬，继续做她的活儿。

"我只要两角钱。"我细声但坚定地说。

"要做什么？"母亲被我这异乎寻常的口气触动，终于看了我一眼。

"我要去买金唛。"金唛是三十年前乡下孩子唯一能吃到的糖，浑圆的、坚硬的糖球上面粘了一些糖粒。一角钱两粒。

"没有钱给你买金唛。"母亲用力地把柴刀剁下去。

"别人都有？为什么我们没有？"我怨愤地说。

"别人是别人，我们是我们，没有就是没有，别人做皇帝，你怎么不去做皇帝！"母亲显然动了肝火，用力地剁香蕉块。柴刀砍在砧板上咚咚作响。

"做妈妈是怎么做的？连两角钱买金唸都没有？"

母亲不再作声，继续默默工作。

我那一天是吃了秤锤铁了心，冲口而出："不管，我一定要！"说着就用力踢厨房的门板。

母亲用尽力气，柴刀咔的一声站立在砧板上，顺手抄起一根生火的竹管，气急败坏地一言不发，劈头劈脑就打了下来。

我一转身，飞也似的蹦了出去，平常，我们一旦忤逆了母亲，只要一溜烟跑掉，她就不再追究，所以只要母亲一火，我们总是一口气跑出去。

那一天，母亲大概是气极了，并没有转头继续工作，反而快速地追了出来。我正奇怪的时候，发现母亲的速度异乎寻常的快，几乎像一阵风一样，我心里升起一种恐怖的感觉，想到脾气一向很好的母亲，这一次大概是真正生气了，万一被抓到一定会被狠狠打一顿。母亲很少打我们，但只要她动了手，必然会把我们打到讨饶为止。

边跑边想，我立即选择了那条火车路的小径，那是条附近比较复杂而难走的小路，整条都是枕木，铁轨还通过旗尾溪，悬空架在上面，我们天天都在这里玩耍，路径熟悉，通常母亲追我们的时候，我们就选这条路跑，母亲往往不会追来，而她也很少把气生到晚上，只要晚一点回家，让她担心一下，她气就消了，顶多也只是数落一顿。

那一天真是反常极了，母亲提着竹管，快步地跨过铁轨的枕木追过来，好像不追到我不肯罢休。我心里虽然害怕，却还是有恃无恐，因为我的身高已经长得快与母亲平行了，她即使尽全力也追不上我，何况是在火车路上。

我边跑还边回头望母亲，母亲脸上的表情是冷漠而坚决的，我们一直维持着二十几米的距离。"唉唷！"我跑过铁桥时，突然听到母亲惨叫一声，一回头，正好看到母亲扑跌在铁轨上面，噗的一声，显然跌得不轻。我的第一个反应是：一定很痛！因为铁轨上铺的都是不规则的石子，我们这些小骨头跌倒都痛得半死，何况是妈妈？

　　我停下来，转身看母亲，她一时爬不起来，用力搓着膝盖，我看到鲜血从她的膝上汩汩流出，鲜红色的，非常鲜明。母亲咬着牙看我。我不假思索地跑回去，跑到母亲身边，用力扶她站起来，看到她腿上的伤势实在不轻，我跪下去说："妈，您打我吧！我错了。"母亲把竹管用力地丢在地上，这时，我才看见她的泪从眼中急速地流出，然后她把我拉起来，用力抱着我，我听到火车从很远的地方开过来。我用力拥抱着母亲说："我以后再也不敢了。"这是我小学二年级时的一幕，每次一想到母亲，那情景就立即回到我的心版，重新显影。我记忆中的母亲，那是她最生气的一次。其实，母亲是个很温和的人，她最不同的一点是，她从来不埋怨生活，很可能她心里是埋怨的，但她嘴里从不说出，我这辈子也没听她说过一句粗野的话。

　　因此，母亲是比较倾向于沉默的，她不像一般乡下的妇人喋喋不休。这可能与她的教育与个性都有关系。在母亲的那个年代，她算是幸运的，因为受到初中的教育，日据时代的乡间能读到初中已算是知识分子了，何况是个女子。在我们那方圆几里内，母亲算是知识丰富的人，而且她写得一手娟秀的字，这一点是我小时候常引以为傲的。

　　我的基础教育来自母亲，很小的时候她就把《三字经》写在日历纸上让我背诵，并且教我习字。我如今写得一手好字就是受到她的影响，她常说："别人从你的字里就可以看出你的为人和性格了。"

　　早期的农村社会，一般孩子的教育都落在母亲的身上，因为孩子多，父亲光是养家已经没有余力教育孩子。我们很幸运地,有一位明理的、有知识的母亲。这一点,我的姊姊体会得更深刻,她考上大学的时候,母亲力排众议对父亲说:"再苦也要让她把大学读完。"在二十年前的乡间,给女孩子去读大学是需要很大的决心与勇气的。

母亲的父亲——我的外祖父——在他居住的乡里是颇受敬重的士绅,日据时代在政府机构任职,又兼营农事,是典型耕读传家的知识分子,他连续拥有了八个男孩,晚年才生下母亲,因此,母亲的童年与少女时代格外受到钟爱,我的八个舅舅时常开玩笑地说:"我们八个兄弟合起来,还比不上你母亲的受宠爱。"

母亲嫁给父亲是"半自由恋爱",由于祖父有一块田地在外祖父家旁,父亲常到那里去耕作,有时借故到外祖父家歇脚喝水,就与母亲相识,互相闲谈几句,生起一些情意,后来祖父央媒人去提亲,外祖父见父亲老实可靠,勤劳能负责任,就答应了。

父亲提起当年为了博取外祖父母和舅舅们的好感,时常挑着两百多斤的农作物在母亲家前来回走过,才能顺利娶回母亲。

其实,父亲与母亲在身材上不是十分相配的,父亲是身高一米八的巨汉,母亲的身高只有一米五,相差达三十厘米。我家有一幅他们的结婚照,母亲站着到父亲耳际,大家都觉得奇怪,问起来,才知道宽大的婚纱礼服里放了一个圆凳子。

母亲是嫁到我们家才开始吃苦的,我们家的田原广大,食指浩繁,是当地少数的大家族。母亲嫁给父亲的头几年,大伯父二伯父相继过世,大伯母也随之去世,家外的事全由父亲撑持,家内的事则由二伯母和母亲负担,一家三十几口的衣食,加上养猪饲鸡,辛苦与忙碌可以想见。

我印象里还有几幕影像鲜明的静照,一幕是母亲以蓝底红花背巾背着我最小的弟弟,用力撑着猪栏要到猪圈里去洗刷猪的粪便。那时母亲连续生了我们六个兄弟姊妹，家事操劳，身体十分瘦弱。我小学一年级，么弟一岁，我常在母亲身边跟进跟出，那一次见她用力撑着跨过猪圈，我第一次体会到母亲的辛苦而落下泪来，如今那一条蓝底花背巾的图案还时常浮现出来。

另一幕是，有时候家里缺乏青菜，母亲会牵着我的手，穿过家前的一片菅芒花，到番薯田里去采番薯叶，有时候则到溪畔野地去摘鸟莘菜或芋头的嫩茎。有一次母亲和我穿过芒花的时候，我发现她和新开的芒花一般高。芒花雪样的白，母亲的发墨一般的黑，真是非常的美。那时感觉到能让母亲牵着手，真是天下最幸福的事。

还有一幕是，大弟因小儿麻痹死去的时候，我们都忍不住大声哭泣，唯有母亲以双手掩面悲号，我完全看不见她的表情，只见到她的两道眉毛一直在那里抽动。依照习俗，死了孩子的父母在孩子出殡那天，要用拐杖击打棺木，以责备孩子的不孝，但是母亲坚持不用拐杖，她只是扶着弟弟的棺木，默默地流泪，母亲那时的样子，到现在在我心中还鲜明如昔。

还有一幕经常上演的，是父亲到外面去喝酒彻夜未归，如果是夏日的夜晚，母亲就会搬着藤椅坐在晒谷场说故事给我们听，讲虎姑婆，或者孙悟空，讲到孩子都睁不开眼睛而倒在地上睡着。

有一回，她说故事到一半，突然叫起来说："呀！真美。"我们回过头去，原来是我们家的狗互相追逐跑进前面那一片芒花，栖在芒花里无数的萤火虫哗然飞起，满天星星点点，衬着在月下波浪一样摇曳的芒花，真是美极了。美得让我们都呆住了，我再回头，看到那时才三十岁的母亲，脸上流露着欣悦的光泽，在星空下，我深深觉得母亲是多么美丽，只有那时母亲的美才配得上满天的萤火。

于是那一夜，我们坐在母亲的身侧，看萤火虫一一地飞入芒花，最后，只剩下一片宁静优雅的芒花轻轻摇动，父亲果然未归，远处的山头晨曦微微升起，萤火虫在芒花中消失。

我和母亲的因缘也不可思议，她生我的那天，父亲急急跑出去请产婆来接生，产婆还没有来的时候我就生出了，是母亲拿起床头的剪刀亲手剪断我的脐带，使我顺利地投生到这个世界。

年幼的时候，我是最令母亲操心的一个，她为我的病弱不知道流了多少泪，在我得急病的时候，她抱着我跑十几里路去看医生，是常有的事，尤其在大弟死后，她对我的照顾更是无微不至，我今天能有很棒的身体，是母亲在十几年间仔细调护的结果。

我的母亲是这个世界上无数的平凡人之一，却也是这个世界上无数伟大的母亲之一，她是那样传统，有着强大的韧力与耐力，才能从艰苦的农村生活过来，丝毫不怀忧怨恨。她们那一代的生活目标非常的单纯，只是顾着丈夫、照护儿女，几乎从没有想过自己的存在，在我的记忆中，母亲的忧病都是因我们而起，她的快乐也是因我们而起。

不久前，我回到乡下，看到旧家前的那一片芒花已经完全不见了，盖起一间一间的透天厝，现在那些芒花呢？仿佛都飞来开在母亲的头上，母亲的头发已经花白了，我想起母亲那年轻时候走过芒花的黑发，不禁百感交集。尤其是父亲过世以后，母亲显得更孤单了，头发也更白了，这些，都是她把半生的青春拿来抚育我们的代价。

童年时代，陪伴母亲看萤火虫飞入芒花的星星点点，在时空无常的流变里也不再有了，只有当我望见母亲的白发时才想起这些，想起萤火虫如何从芒花中哗然飞起，想起母亲脸上突然绽放的光泽，想起在这广大的人间，我唯一的母亲。

过火

我们当然不敢相信有火神，我们会害怕，会无所适从，但是人生的火一定要过，情感的火要过，欢乐与悲伤的火要过，沉定与激情的火要过，成功与失败的火要过。

是冬天刚刚走过、春风蹑足敲门的时节。天气像晨荷的巨大叶片上那浑圆的露珠，晶莹而明亮，台风草和野姜花一路上微笑着向我们打招呼。

妈妈一早就把我唤醒了，我们要去赶一场盛会。在这次妈祖的生日盛会里有一场"过火"的盛典。早在几天前我们就开始斋戒沐浴，妈妈常两手抚着我瘦弱的肩膀，幽幽地对爸爸说："妈祖生时要带他去过火。"

"火是一定要过的。"爸爸坚决地说。他把锄头靠在门侧，挂起了斗笠，长长叹一口气，然后我们没有再说什么话，围聚起来吃着简单的晚餐。

从小，我就是个瘦小而忧郁的孩子，每天跋山涉水并没有使我的身体勇健，父母亲长期垦荒拓土的恒毅坚韧也丝毫没有遗传给我。

爸爸曾经为我做过种种努力，他希望我成为好猎人，每天叫我背着水壶跟他去打猎，我却常在见到山猪和野猴时吓得大哭，使得爸爸几度失去他的猎物。然后爸爸就撑着双管猎枪紧紧搂抱着我，泪水濡湿了我的肩胛，他喃喃地说："怎么会这样？怎么会生出这样的孩子……"他又寄望我成为一个农夫，常携我到山里工作。我总是在烈日烧烤下昏倒在正需要开垦的田地里，也时常被草丛中蹿出的毒蛇吓得屁滚尿流。爸爸不得不放下锄头跑过来照顾我，醒来的那一刻我总是听到爸爸长长的悲伤的叹息。

我也天天暗下决心要做一个男子汉。慢慢地，我变得硬朗了些，爸妈也露出了欣慰的笑容，可是他们的努力和我的努力一起崩溃了，在我孪生的弟弟七岁那年死的时候。

眼见到和自己一模一样的弟弟死去，我竟也像死去了一半，失去了生存的勇气。我变成一个失魄的孩子，每天眉头深结，形销骨立，所有的医生都看遍了，所有的补药都吃尽了，换来的仍是叹息和眼泪。

然后爸爸妈妈想到神明，想到神明就好像一切希望都来了。

神明也没有医好我，他们又祈求十年一次的大过火仪式，可以让他们命在旦夕的儿子找到一闪生命的火光。

我强烈地惦怀着弟弟，他清俊的脸容常在暗夜的油灯中清晰出来，他的脸像刀凿般深刻，连唇都有血一样的色泽。我们曾脐带相连地度过许多快乐和凄苦的岁月。我念着他，不仅因为他是我的兄弟，也是因为我们曾在生命血肉的最根源处紧紧纠结。

弟弟的样貌和我一模一样，个性却很不同。弟弟强韧、坚毅而果决，我却忧郁、畏缩而软弱，如果说爸爸妈妈是一间使我们温暖的屋宇，弟弟和我便是攀爬而上的两种植物——弟弟是充满霸气的万年青，我则是脆弱易折的牵牛。两者虽然交缠分不出面目，又是截然不同的——

万年青永远盎然充满炽盛的绿意，牵牛则常开满忧郁的小花。

刚上一年级，弟弟在上学的途中常常负我涉水过河。当他在急湍的河水中苦涉时，我只能仰头看白云缓缓掠过。放学回家，我们要养鸡鸭，还要去割牧草，弟弟总是抢着做，把割来的牧草与我对分，免得我回家受到爸妈责备的目光。

弟弟也常为我的懦弱吃惊，每次他在学校里打架输了，总要咬牙狠狠地望我。有一回，他和班上的同学打架，我只能缩在墙角怔怔地看着，最后弟弟打输了，坐跌在地上，嘴角淌着细细的血丝，无限怨恨地凝睇着他无用的哥哥。

我撑着去扶他，弟弟一把推开我，狂奔出教室。

那时已是秋深了，相思树的叶子黄了，灰白的野芒草在秋风中杂乱地飞舞着。弟弟拼命奔跑，像一只中枪惊惶而狂怒的白鼻心，要借着狂跑吐尽心中的最后一口气。

"宏弟，宏弟！"我嘶开喉咙叫喊。

弟弟一口气奔到黑肚大溪，终于力尽了颓坐下来，缓缓地躺卧在溪旁。我的心凹凸如溪畔团团围住弟弟的乱石。

风吹得很急。

等我气喘吁吁赶到，看见弟弟脸上已爬满了泪水，湿乎乎的，嘴边还凝结着暗褐色的血丝，肌肉紧紧地抽着，像是我们农田里用久了的帮浦[①]。

我坐着，弟弟躺卧着。

夕阳斜着，把我们的影子投照在急速流去的溪中。

弟弟轻轻抽泣很久，抬头望着白云万叠的天空，用低哑的声音问：

---

① 帮浦：pump 的音译，即泵。

"哥，如果我快被打死了，你会不会帮助我？"

之后，我们便紧紧抱在一起，放声痛哭，哭得天都黄昏了。听见溪水潺潺，我们才一言不发地走回家。

那是我和弟弟最后的一个秋天，第二年他便走了。

爸爸牵我左手，妈妈执我右手，在金光万道的晨曦中，我们终于出发了。一路上，远山巅顶的云彩千变万化，我们朝着阳光照来的方向走去，爸爸雄伟的体躯和妈妈细碎的步子伴随着我。

从山上到市镇要走两小时的山路，要翻过一座山，涉过几条溪水，因为天早，一路上雀鸟都被我们的步声惊飞，偶尔还能看见刺竹林里松鼠忙碌地跳跃。我们没有说什么话，只是无声默默前行，一直走到黑肚大溪。

爸爸背负我涉过水的对岸，突然站定，回头怅望迅疾地流去的溪水，隔了一会儿，他说："弟弟已经死了，不要再想他。"

"爸爸今天带你去过火，就像刚刚我们走水过来一样，你只要走过火堆，一切都会好转。"

爸爸看到我茫然的眼神，勉强微笑说："只不过是一个小小的火堆罢了。"

我们又开始赶路，我侧脸望着母亲手挽花布包袱的样子，她的眼睛里一片绿，映照出我们十几年垦拓出来的大地，两只眼睛水盈盈的。

我走得慢极了，心里只惦想着家里养的两只蓝雀仔。爸爸索性把我负在背上，愈走愈快，甚至把妈妈丢在远远的后头了。

穿过相思树林的时候，我看到远方小路尽头处有一片花花的阳光。

一个火堆突然莫名地闪过我的脑际。

抵达小镇的时候，广场上已经聚集了黑压压的人头，这是小镇十年一次的做醮，沸腾的人声与笑语"嗡嗡"地响动。我从架满肥猪的长列里走过，猪头张满了蹦起的线条，猪口里含着鲜新的金橙色的橘子。被剖开肚子的猪崽们竟微笑着一般，怔怔地望着溢满欣喜的人群。

广场的左侧被清出一块光洁的空地，人们已经围聚在一起，看着空地上正猛烈燃烧的薪柴，爸爸告诉我那些木柴至少有四千斤。火舌高扬，冲上了湛蓝的天空，在"毕毕剥剥"的薪柴的裂声中，我仿佛听见人们心里狂热的呼喊。每个人的脸都被烘成了暖滋滋的新红色。两个穿着整齐衣着的人手拿丈长的竹竿正挑着火堆，挑一下，飞扬起一阵烟灰，火舌马上又追了上来。

一股刚猛的热气扑到我脸上，像要把我吞噬了。妈妈拉我到怀中，说："不要太靠近，会烫到。"正在这时，广场对角的戏台"咚咚锵锵"地响起了锣鼓，扮仙开始，好戏就要开锣了。

咚咚锵锵，咚咚锵……

火慢慢小了，剩下来的是一堆红通通的火炭，裂成大大小小一块块的，堆成一座火热的炭山。我想起爸爸要我走火堆，看热闹的心情好像一下子被水浇灭了。

"司公来了！司公来了！"人群里响起一阵呼喊。

壅塞的人群眼睛全望向相同的方向，一个身穿黑色道袍、头戴黑色道帽的人走来，深浓的黑袍上罩着一件猩红色的绸缎披肩，黑帽上还有一枚鲜红色的帽粒。

人群让开一条路，那个又高又瘦的红头道士踏着八卦步一摇一摆地走进来，脸上像一张毫无表情的画像。

人们安静下来了。

我却为这霎时的静默与远处噪闹的锣鼓而微微颤抖。

红头道士做法事的另一边，一个赤裸上身的人正颤颤地发抖，颤动的狂热使人群的焦点又注视着他。爸爸牵我依过去，他说那是神的化身，叫作童乩。

童乩吐着哇哇不清的语句，他的身侧有一个金炉和一张桌子，桌上有笔墨和金纸。他摇得太快，使我的眼睛花乱了，他提起笔在金纸上乱画一遍，有圈，有钩，有横，我看不出那是什么。爸爸领了一张，装在我的口袋里，说可以保佑我过火平安，平安装在我的口袋里便可以安心去过火了。

呜——呜——呜！呜！

远远望去，红头道士正在木炭堆边念咒语，烟雾使他成为一个诡异的立体。他左手持着牛角号，吹出了低沉而令人惊撼的声音，右手拿一条蛇头软鞭用力抽打在地上，发出"啪啪"的响声，鞭声夹着号角声，人人都被震慑住了。

爸爸说，那是用来驱赶邪鬼的。

后来，道士又拿来一个装了清水的碗和盛满盐巴的篮子。他含了一口水，"噗"一声喷在炭上。

嗤——

一阵水烟蒸腾起来，他口中喃喃着，然后把一篮盐巴遍撒在火堆上。三乘小轿在火堆旁绕圈子，有人拿长竹竿把火堆铺成一丈长、四尺宽的火毡，几个精壮的汉子用力拨开人群，口里高呼着："请闪开，过火就要开始了。"

三乘小轿越转越快，转得像飞轮一样。

妈妈紧紧抱我在怀中。

三乘小轿的轿夫齐声呼喝，便顺序跃上火毡，"嗤"一声，我的心一阵紧缩。他们跨着大步很快地从火毯上跑过去，着地的那一刻，所有的人都从梦般的静默里惊呼起来，一些好事的人跑过去看他们的脚。这时，轿夫笑了。

"火神来过了，火神来过了。"许多人忍不住狂呼跳叫。

红头道士依然在火堆旁念着神秘的像响自远天深处的不可知咒语。

过火的乡人们都穿着一式的汗衫和短裤，露出黑而多毛的腿。一排排的腿竟像冒着白烟，蒸腾着生命的热气。

那些腿都是落过田水的，都是在炙毒的阳光和阴诈的血蛭中慢慢长成。生活的熬炼就如火炭一直铸着他们——他们那样的兴奋，竟有一点像去赶市集一样。谁面对炭火总是有些惊惶，可是老天有眼，他们相信这一双肉腿是可以过火的。十二月天冷酸酸的田水，和春天火炙炙的炭火并没有不同，一个是生活的历练，一个是生命的经验，都只不过是农人与天运搏斗的一个节目。

轿子，一乘乘地采取同样的步姿，夸耀似的走过火堆。

爸爸妈妈紧紧牵着我，每当"嗤——"的声音响起，我的心就像被铁爪抓紧一般，不能动弹。

司锣的人一阵紧过一阵地敲响锣鼓。轿夫一次又一次将他们赤裸的脚踝埋入红艳艳的火毯中。

随着乱蹦乱跳的锣鼓与脚踝，我的心也变得仓皇异常。想到自己要迈入火堆，我像是陷进了一个恐怖的海上噩梦，抓不到一块可以依归的浮木。

一张张红得诡谲的玄妙的脸闪到我的眼睫来。

我抓紧爸妈微微渗汗的手，想起了弟弟在天地的风景中永远消失的一幕。他的脸像被火烤焦的紫红色，头一偏，便魔呓也似的去了，床侧焚烧的冥纸耀动鬼影般的火光。

在火光的交叠中，我看到领过符的乡民一一迈步跨入火堆。

有步履沉重的，有矫捷的，还有仓皇跑过的。

我看到一位老人背负着婴儿走进火堆，他青筋突起的腿脚毫不迟疑地埋进火中，使我想起庙顶上红绿交糅的庄严的画像。爸爸告诉我，那是他重病的小儿子，神明用火来医治他。

咚咚锵锵，咚咚锵！

远处的戏锣和近处的锣鼓声竟交缠不清了。

"阿玄，轮到你了。"妈妈用很细的声音说。

"我……我怕。"

"不要怕，火神来过了，不要怕。"

爸妈推着我就要往火堆上送。

我抬头望望他们，央求地说："爸，妈，你们和我一起走。"

"不行。只有你领了符。"爸爸正色道。

锣声响着。

火光在我眼前和心头交错。

爸妈由不得我，便把我架走到火堆的起点。

"我不要，我不要——"我大声号哭起来。

"走，走！"爸爸吼叫着。

我不要——

妈——

我跪了下来，紧紧抱住妈妈的腿，泪水使我什么都看不见了。

"没出息。我怎么会生出这种儿子，今天你不走，我就把你打死在火堆上。"爸爸的声音像夏天午后的西北雨雷，嗡嗡响着。我抬头看，他脸上爬满泪水。他重重把我摔在地上，跑去抢起道坛上的蛇头软鞭，

"啪"一声抽在我身旁的地上，溅起一阵泥灰。

"我打死你！我打死你！林姓的祖先做了什么孽，生出这样的孩子！我打死你。让你去和那个讨债的儿子做堆！"

我从来没有看过爸爸暴怒的面容，他的肌肉纠结着，头发扬散如一头巨狮。

"你疯了。"妈妈抢过去拦他，声音凄厉而哀伤。

红头道士、轿夫们、人群都拥过来抓住爸爸正要飞来的鞭子。

锣也停了。

爸爸被四个人牢牢抓住，他不说话，虎目如电，穿刺我的全身。

四周是可怕的静寂。

我突然看见弟弟的脸在血红的火堆中燃烧，想起爸爸撑着猎枪掉泪的面影和他辛苦荷锄的身姿，我猛地站起，对爸爸大声说："我走，我走给你看，今天如果我不敢走这火堆，就不是你的囡仔。"

锣声缓缓响起。

几千只目光如炬注视我。

我走上了火堆。

第一步跨上去，一道强烈的热流从我脚底窜进，贯穿了我的全身，我的汗水和泪水全滴在火上，一声"嗤"，一阵烟。

我什么都看不见，仿佛陷进一个神秘的围城，只听到远天深处传来弟弟轻声的耳语："走呀！走呀！"

那是一段很短的路，而我竟完全不知它的距离，不知它的尽处。相思林尽头的阳光亮起，脚下的火也浑然或忘了。

踩到地的那一刻，土地的冰凉使我大吃一惊。

"呼——"一声，全场的人都欢呼起来，爸爸妈妈早已等在这头，两个人抢抱着我，终于号啕地哭成一堆。打锣的人戏剧性地欢愉地敲着急速的锣鼓。

爸爸疯也似的紧抱我，像要勒断我的脊骨。

那一天，那过火的一天，我们快乐地流泪走回家。

到黑肚大溪，爸爸叫我独自涉水。

猛然间，我感到自己长大了。

童年过火的记忆像烙印一般影响了我整个生命的途程，日后我遇到人生的许多事都像过火一样，在起步之初，我们永远不知道能否安全抵达火毯的那一端。我们当然不敢相信有火神，我们会害怕，会无所适从，会畏惧受伤，但是人生的火一定要过，情感的火要过，欢乐与悲伤的火要过，沉定与激情的火要过，成功与失败的火要过。

我们不能退缩，因为我们要单独去过火，即使亲如父母，也有无能为力的时候。

太阳雨

对太阳雨的第一印象是这样子的。

幼年随母亲到芋田里采芋梗，要回家做晚餐，母亲用半月形的小刀把芋梗采下，我蹲在一旁看着，想起芋梗油焖豆瓣酱的美味。

突然，被一阵巨大震耳的雷声所惊动，那雷声来自远方的山上。

我站起来，望向雷声的来处，发现天空那头的乌云好似听到了召集令，同时向山头的顶端飞驰奔跑去集合，密密层层地叠成一堆。雷声继续响着，仿佛战鼓频催，一阵急过一阵，忽然，将军喊了一声："冲呀！"

乌云里哗哗洒下一阵大雨，雨势极大，大到数公里之外就听见噼啪之声，撒豆成兵一样。我站在田里被这阵雨的气势慑住了，看着远处的雨幕发呆，因为如此巨大的雷声、如此迅速集结的乌云、如此不可思议的澎湃之雨，是我第一次看见。

说是"雨幕"一点也不错，那阵雨就像电影散场时拉起来的厚重黑幕，整齐地拉成一列，雨水则踏着军人的正步，齐声踩过田原，还呼喊着雄壮威武的口令。

平常我听到大雷声都要哭的，那一天却没有哭，就像第一次被鹅咬到屁股，意外多过惊慌。最奇异的是，雨虽是那样大，离我和母亲的位置不远，而我们站的地方阳光依然普照，母亲也没有跑的意思。

"妈妈，雨快到了，下很大呢！"

"是西北雨，没要紧，不一定会下到这里。"

母亲的话说完才一瞬间，西北雨就到了，有如机枪掠空，哗啦一声从我们头顶掠过，就在扫过的那一刹那，我的全身已经湿透，那雨滴的巨大也超乎我的想象，炸开来几乎有一个手掌，打在身上，微微发疼。

西北雨淹过我们，继续向前冲去。奇异的是，我们站的地方仍然阳光普照，使落下的雨丝恍如金线，一条一条编织成金黄色的大地，溅起来的水滴像是碎金屑，真是美极了。

母亲还是没有要躲雨的意思，事实上空旷的田野也无处可躲，她继续把未采收过的芋梗采收完毕，记得她曾告诉我，如果不把粗的芋梗割下，包覆其中的嫩叶就会壮大得慢，在地里的芋头也长不坚实。

把芋梗用草捆扎起来的时候，母亲对我说："这是西北雨，如果边出太阳边下雨，叫作日头雨，也叫作三八雨。"接着，她解释说："我刚刚以为这阵雨不会下到芋田，没想到看错了，因为日头雨虽然大，却下不广，也下不久。"

我们在田里对话就像家中一般平常，几乎忘记是站在庞大的雨阵中，母亲大概是看到我愣头愣脑的样子，笑了，说："打在头上会痛吧！"然后顺手割下一片最大的芋叶，让我撑着，芋叶遮不住西北雨，却可以暂时挡住雨的疼痛。

风过林梢，白雪年少。

我们工作快完的时候，西北雨就停了，我随着母亲沿田埂走回家，看到充沛的水在圳沟里奔流，整个旗尾溪都快涨满了，可见这雨虽短暂，却是多么巨大。

太阳依然照着，好像无视于刚刚的一场雨，我感觉自己身上的雨水向上快速地蒸发，田地上也像冒着腾腾的白气。觉得空气里有一股甜甜的热，土地上则充满着生机。

"这西北雨是很肥的，对我们的土地是最好的东西，我们做田人，偶尔淋几次西北雨，以后风呀雨呀，就不会轻易让我们感冒。"田埂只容一人通过，母亲回头对我说。

这时，我们走到蕉园附近，高大的父亲从蕉园穿出来，全身也湿透了，"咻！这阵雨真够大！"然后他把我抱起来，摸摸我的光头，说："有给雷公惊到否？"我摇摇头，父亲高兴地笑了："哈……，金刚头，不惊风、不惊雨、不惊日头。"

接着，他把斗笠戴在我头上，我们慢慢地走回家去。

回到家，我身上的衣服都干了，在家院前我仰头看着刚刚下过太阳雨的田野远处，看到一条圆弧形的彩虹，晶亮地横过天际，天空中干净清朗，没有一丝杂质。

每年到了夏天，在台湾南部都有西北雨，午后刚睡好午觉，雷声就会准时响起，有时下在东边，有时下在西边，像是雨和土地的约会。在台北，夏天的时候如果空气污浊，我就会想："如果来一场西北雨就好了！"

西北雨虽然狂烈，却是土地生机的来源，也让我们在雄浑的雨景中，感到人是多么渺小。

我觉得这世界之所以会人欲横流、贪婪无尽，是由于人不能自见渺小，因此对天地与自然的律则缺少敬畏的缘故。大风大雨在某些时刻给我们一种无尽的启发，记得我小时候遇过几次大台风，从家里的木格窗，看见父亲种的香蕉，成排成排地倒下去，心里忧伤，却也同时感受到无比的大力，对自然有一种敬畏之情。

台风过后，我们小孩子会相约到旗尾溪"看大水"，看大水淹没了溪洲，淹到堤防的腰际，上游的牛羊猪鸡，甚至农舍的屋顶，都在溪中浮沉漂流而去，有时还会看见两人合围的大树，整棵连根流向大海，我们就会默然肃立，不能言语，呀！从山水与生命的远景看来，人是渺小一如蝼蚁的。

我时常忆起那骤下骤停、瞬间阳光普照；或一边下大雨、一边出太阳的"太阳雨"。所谓的"三八雨"就是一块田里，一边下着雨，另外一边却不下雨，我有几次站在那雨线中间，让身体的右边接受雨的打击、左边接受阳光的照耀。

"三八雨"是人生的一个谜题，使我难以明白，问了母亲，她三言两语就解开这个谜题，她说：

"任何事物都有界限，山再高，总有一个顶点；河流再长，总能找到它的起源；人再长寿，也不可能永远活着；雨也是这样，不可能遍天下都下着雨，也不可能永远下着……"

在过程里固然变化万千，结局也总是不可预测的，我们可能同时接受着雨的打击和阳光的温暖，我们也可能同时接受阳光无情的曝晒与雨水有情的润泽，山水介于有情与无情之间，能适性地、勇敢地举起脚步，我们就不会因自然的轻踩得到感冒。

在苏东坡的词里有一首《水调歌头》，是我很喜欢的，他说：

落日绣帘卷，亭下水连空。

知君为我新作，窗户湿青红。

长记平山堂上，欹枕江南烟雨，杳杳没孤鸿。

认得醉翁语，"山色有无中"。

一千顷，都镜净，倒碧峰。

忽然浪起，掀舞一叶白头翁。

堪笑兰台公子，未解庄生天籁，刚道有雌雄。

一点浩然气，千里快哉风！

　　在人生广大的倒影里，原没有雌雄之别，千顷山河如镜，山色在有无之间，使我想起南方故乡的太阳雨，最爱的是末后两句："一点浩然气，千里快哉风！"心里存有浩然之气的人，千里的风都不亦快哉，为他飞舞、为他鼓掌！

　　这样想来，生命的大风大雨，不都是我们的掌声吗？

/ 28 /

我唯一的松鼠

我拥有的第一只动物是一只小松鼠，那是小学一年级的事了。小学一年级，我家住在乡间，有一日从学校回家，我在路边捡到一只瘦弱颤抖的小松鼠。它身上的毛还未长全，一双惊惧的刚张开的眼睛转来转去。我把它捧在手上，拼命跑回家，好像捡到了什么宝物，一路跑的时候还能感受到松鼠的体温。

回家后，我找到一节粗大的竹筒剖成两半，铺上破布，做了小松鼠的窝。可是它的食物却使我们全家都感到紧张。那时牛奶还不普遍，经过妈妈的建议，我在三餐煮饭的时候从上面舀取一些米汤，用撕破的面粉袋子蘸给它吃。饥饿的松鼠紧紧吸吮着米汤，使我们都安心了。

慢慢地，那只松鼠长出光亮的棕色细毛，也能一扭一扭地爬行。每天为它准备食物成为我生活里最快乐的事。幸好我们住在乡间，家里还有果园，我时常去采摘熟透的木瓜、番石榴、香蕉，小心捣碎来喂我的松鼠。它的快速长大从尾巴最能看出来，原来无毛细瘦、走起路来拖在地上的尾巴慢慢丰满起来，长满松松的毛，还高傲地翘着。

从爬行、跑动到跳跃，竟如同瞬间发生的事，一个学期还未过完，小松鼠已经完全成长为一个翩翩少年了。

小松鼠仿佛记得我的救命之恩，非常乖巧听话。白天我去上学的时候，它自己跑到园里去觅食，黄昏的时候就回到家来躲在自己的窝里。夜里我做功课的时候，松鼠就在桌子旁边绕来绕去，这边跳那边跑，有时还跑来磨蹭人的脚掌。妈妈常说："这只松鼠一点儿都不像松鼠，真像一只猫哩！"小松鼠的乖巧赢得了全家人的喜爱。

有时候我早回家，只要在园子里吹几声口哨，它就一阵风从园子里不知名的角落蹿出来，蹲在我的肩膀上，转着滴溜溜的眼睛，然后我们就在园子里玩着永不厌倦的追逐游戏。松鼠跑起来的姿势真是美，高高竖起的尾巴像一面迎风招展的旗子，那面旗在泥地上像一阵烟，转眼飞逝。

自从家里养了松鼠，老鼠也减少了，那是我第一次知道松鼠还会打老鼠。夜里它绕着房子蹦跳，可能老鼠也分不清它是什么动物，只好到别处去觅食了。

我家原来养了许多动物，有七八条猎狗土狗，是经常跟随爸爸去打猎的；有十几只猫，每天都在庭院里玩耍。这些动物大部分来路不明。由于我家是个大家庭，日常残羹剩菜很多，除了养猪，妈妈经常把几个大盆放在院子里，喂食那些流落乡野的猫狗，日久以后，许多猫狗都留了下来。有比较好的狗，爸爸就挑出来训练它们捉野兔打山猪的本事。这些野狗都有一份情。它们往往能成为比名种狗更好的猎犬。因为它们不挑食，对生命的留恋也不如名种狗，在打猎时往往能义无反顾，一往直前。

但是这些猫狗向来是不进屋的，它们的天地就是屋外广大的原野，夜里就在屋檐下各自找安睡的地方，清晨才从各个角落冒出来。自从小松鼠来了以后，成了唯一睡在屋里的动物。又懂事可爱，特别得到家人的宠爱。原先我们还担心有那么多猫狗，松鼠的安全堪虑，后来才发现这种担心完全是不必要的，小松鼠和猫狗玩得很好。我想，只要居住在一个无边的广大空间，连动物也能有无私的心。

有趣的是，小松鼠好像在冥冥中知道我是捡拾它回来的人，与我特别亲密，它虽然与哥哥弟弟保持了良好的关系，但也仅止于听从召唤，从来不肯跳到他们身上，却常常在我做功课的时候蹲在我的腿上睡着了。有时候我带松鼠到学校去，把它放在书包里，头尾从两边伸出，它也一点都不惊慌。

松鼠与我的情感使我刚上学的时候有了一段有声音有色彩、明亮跳跃的时光。同学们都以为这只松鼠受过特别的训练，其实不然，它只是从路边捡来养大而已。我成年以后回想起来才知道，如果松鼠有过训练，那么唯一的训练内容就是儿童般最无私最干净的爱。

隔年冬天的一个晚上，我吃过晚饭，像往日一样回到书房做功课。为了赶写第二天大量的作业，还特别削尖了所有的铅笔。松鼠如同往日般跳到我的毛衣里取暖，然后在书桌边绕来绕去玩一只小皮球。我的作业太多，写到深夜还不能写完，我就伏在桌子上睡着了。

被夜凉冻醒的时候，我被眼前的影像吓呆了，放声痛哭。我心爱的松鼠不知何时已死在我削尖倒竖着拿在手中的铅笔上，那支铅笔刺入松鼠的肚子，鲜血流满了我的整只右手，甚至溅满在笔记簿上，血迹已经干了，松鼠冰凉的身体也没有了体温。我到现在还清楚记得那一幅惊悸的影像，甚至连我写的作业也清楚记得。

那一天老师规定我们每个人写自己的名字两百遍，我的笔记本上密密麻麻地写着自己的名字，而松鼠的血滴滴溅满在我的名字上。那一刻我说不出有多么痛恨自己的作业，痛恨铅笔，痛恨自己的名字，甚至痛恨留作业的老师。我想，如果没有它们，我心爱的松鼠就不会死了。

我惊吓哀痛的哭声吵醒了为明日去农田上工而早睡的父母，妈妈看到这幅画面也禁不住流下泪来，我扑在妈妈怀里时还紧紧地抱着那只松鼠。我第一次养的动物，真正属于我自己的动物，就这样一夜之间死了，死得何其之速，死得何等凄惨。如今我回想起来，心里还会升起一股痛伤的抽动。如果说我懂得人间有哀伤，知道人世有死别，第一次最强烈的滋味是松鼠用它的生命给了我的。我至今想不通松鼠为何会那样死去，一定是它怕我写不完作业来叫醒我，而一跳就跳到铅笔上——当时我确实是这样想的。

我把死去的松鼠用溅了它的血的毛衣包裹，还把刺死它的铅笔放在一边，一起在屋后的蕉园掘了一个小小坟墓埋葬。做好新坟的时候，我站在旁边默默地流泪，那时也是我第一次知道所有的物件与躯壳都可以埋葬，唯有情感是无法埋葬的，它如同松鼠的精魂，永远活着。

后来我也养过许多松鼠，总是养大以后就了无踪影，毫不眷恋主人，偶有一两只肯回家的，也不听使唤，和人也没有什么情感。每遇到这种情况，我就疑惑，在那么广大的世界里，为什么偏有一只那么不同的、充满了爱的松鼠会被我捡拾，和我共度了一段美好的时光呢？莫非这个世界在冥冥中真有什么特别的安排？使我们与动物也有一种奇特的缘分？

猫狗当然不用说了，在我成长的过程中，我养过老鹰、兔子、穿山甲、野斑鸠、麻雀、白头翁，甚至还养过一头小山猪、一只野猴，但没有一只动物能像第一只松鼠那样与我亲近，也再没有一只像松鼠是被我捡拾、救活，而在我的手中死亡的。

　　松鼠的死给我的童年铺上一条长长的暗影，日后也常从暗影走出来使我莫名忧伤。经过二十几年了，我才确信人与动物、人与人之间有一种不能测知的命运，完全不知何解地推动我们前行，使我们一程一程地历经欢喜与哀伤。而从远景上看，欢喜与哀伤都是一种沧桑，我们是活在沧桑里的。就像如今我写松鼠的时候，心里既温暖又痛心，手上好像还染着它的血，那血甚至烙印在我写得满满的名字上，永世也不能洗清。它是我生命里唯一的动物，永远在启示我的爱与忧伤。

幸福的开关

贫困的岁月里，人也能感受到某些深刻的幸福，像我常记得添一碗热腾腾的白饭，浇一匙猪油、一匙酱油，坐在『户定』前细细品味猪油拌饭的芳香，那每一粒米都充满了幸福的香气。

　　一直到现在，我每看到在街边喝汽水的孩童，总会多注视一眼。而每次走进超级市场，看到满墙满架的汽水、可乐、果汁饮料，心里则颇有感慨。

　　看到这些，总令我想起童年时代想要喝汽水而不可得的景况，乡间的农民虽不致饥寒交迫，但是想要三餐都吃饱似乎也不太可得，尤其是人口众多的家族，更不要说有什么零嘴饮料了。

　　我小时候对汽水有一种特别奇妙的向往，原因不在汽水有什么好喝，而是由于喝不到汽水。我们家是有几十口人的大家族，小孩依大排行就有十八个之多，记忆里东西仿佛永远不够吃，更别说是喝汽水了。

　　喝汽水的时机有三种，一种是喜庆宴会，一种是过年的年夜饭，一种是庙会节庆。即使有汽水，也总是不够喝，到要喝汽水时好像进行一个隆重的仪式，十八个杯子在桌上排成一列，依序各倒半杯，几乎喝一口就光了，然后大家舔舔嘴唇，觉得汽水的滋味真是鲜美。

有一回，我走在街上的时候，看到一个孩子喝饱了汽水，站在屋檐下呕气，呕——长长的一声，我站在旁边简直看呆了，羡慕得要死掉，忍不住忧伤地自问道：什么时候我才能喝汽水喝到饱？什么时候才能喝汽水喝到呕气？因为到读小学的时候，我还没有尝过喝汽水喝到呕气的滋味，心想，能喝汽水喝到把气呕出来，不知道是何等幸福的事。

当时家里还点油灯，灯油就是煤油，闽南语称作"臭油"或"番仔油"。有一次我的母亲把臭油装在空的汽水瓶里，放置在桌脚旁，我趁大人不注意，一个箭步就把汽水瓶拿起来往嘴里灌，当场两眼翻白、口吐白沫，经过医生的急救才活转过来。为了喝汽水而差一点丧命，后来成为家里的笑谈，却并没有阻绝我对汽水的向往。

在小学三年级的时候，有一位堂兄快结婚了，我在他结婚的前一晚竟辗转反侧地失眠了，我躺在床上暗暗地发愿：明天一定要喝汽水喝到饱，至少喝到呕气。

第二天我一直在庭院前窥探，看汽水送来了没有。到上午九点多，看到杂货店的人送来几大箱的汽水，堆叠在一处，我飞也似的跑过去，提了两大瓶黑松汽水，就往茅房跑去。彼时农村的厕所都盖在远离住屋几十米之外，有一个大粪坑，几星期才清理一次，我们小孩子平时是很恨进茅房的，卫生问题通常是就地解决，因为里面实在太臭了。但是那一天我早计划好要在里面喝汽水，那是家里唯一隐秘的地方。

我把茅房的门反锁，接着打开两瓶汽水，然后以一种虔诚的心情，把汽水咕嘟咕嘟地往嘴里灌，就像灌蟋蟀一样，一瓶汽水一会儿就喝光了，几乎一刻也不停地，我把第二瓶汽水也灌进腹中。

我的肚子整个胀起来，我安静地坐在茅房地板上，等待着呕气，慢慢地，肚子有了动静，一股沛然莫之能御的气翻涌出来，呕——汽水的气从口鼻冒了出来，冒得我满眼都是泪水，我长长地叹了一口气：

"这个世界上再也没有比喝汽水喝到呕气更幸福的事了吧！"然后朝圣一般地打开茅房的木栓，走出来，发现阳光是那么温暖明亮，好像从天上回到了人间。

每一粒米都充满幸福的香气

在茅房喝汽水的时候，我忘记了茅房的臭味，忘记了人间的烦恼，觉得自己是世界上最幸福的人，一直到今天我还记得那年叹息的情景，当我重复地说："这个世界上再也没有比喝汽水喝到呕气更幸福的事了吧！"心里百感交集，眼泪忍不住就要落下来。

贫困的岁月里，人也能感受到某些深刻的幸福，像我常记得添一碗热腾腾的白饭，浇一些猪油、一匙酱油，坐在"户定"①前细细品味猪油拌饭的芳香，那每一粒米都充满了幸福的香气。

有时候这种幸福不是来自食物，我记得当时我们镇上住了一位卖酱菜的老人，他每天下午都会推着酱菜摊子在村落间穿梭。他沿路都摇着一串清脆的铃铛，在很远的地方就可以听见他的铃声。每次他走到我们家的时候，都在夕阳将落下之际，我一听见他的铃声就跑出来，看见他浑身都沐浴在黄昏柔美的霞光中，那个画面、那串铃声，使我感到一种难言的幸福，好像把人心灵深处的美感全唤醒了。

有时幸福来自自由自在地在田园中徜徉了一个下午。

有时幸福来自看到萝卜田里留下来做种的萝卜，开出一片宝蓝色的花。

有时幸福来自家里的大狗突然生出一窝颜色都不一样的、毛茸茸

---

①户定：厅门的石阶。

的小狗。

生命的幸福原来不在于人的环境、人的地位、人所能享受的物质，而在于人的心灵如何与生活对应。因此，幸福不是由外在事物决定的，贫困者有贫困者的幸福，富有者有富有者的幸福，位尊权贵者有其幸福，身份卑微者也有其幸福。在生命里，人人都有笑有泪；在生活中，人人都有幸福与忧恼，这是人间世界真实的相貌。

从前，我在乡间城市穿梭做报道访问的时候，常能深刻地感受到这一点，坐在夜市喝甩头仔米酒配猪头肉的人，他感受到的幸福往往不逊于坐在大饭店里喝 XO 的富豪。蹲在寺庙门口喝一斤二十元粗茶的农夫，他得到的快乐也不逊于喝冠军茶的人。围在甘蔗园呼幺喝六，输赢只有几百元的百姓，他得到的刺激绝对不输于在梭哈台上输赢几百万的豪华赌徒。

这个世界原来就是个相对的世界，而不是绝对的世界，因此幸福也是相对的，不是绝对的。

由于世界是相对的，使得到处都充满缺憾，充满了无奈与无言的时刻。但也由于相对的世界，使得我们不论处在任何景况，都还有幸福的可能，能在绝壁之处也见到缝中的阳光。

我们幸福的感受不全然是世界所给予的，而是来自我们对外在或内在的价值判断，我们幸福与否，正是由自我的价值观来决定的。

以直观来面对世界

如果，我们没有预设的价值观呢？如果，我们可以随环境调整自己的价值判断呢？

就像一个不知道金钱、物质为何物的赤子，他得到一千元的玩具与十元的玩具，都能感受到一样的幸福。这是他没有预设的价值观，能以直观来面对世界，世界也因此以幸福来面对他。

就像我们收到陌生者送的贵重礼物，给我们的幸福感还不如知心朋友寄来的一张卡片。这是我们随环境来调整自己的判断，能透视物质包装内的心灵世界，幸福也因此来面对我们的心灵。

所以，幸福的开关有两个，一个是直观，一个是心灵的品味。

这两者不是来自远方，而是由生活的体会得到的。

什么是直观呢？

有源律师问大珠慧海禅师："和尚修道，还用功否？"

大珠："用功。"

"如何用功？"

"饿来吃饭，困来眠。"

"一切人总如同师用功否？"

"不同！"

"何故不同？"

"他吃饭时不肯吃饭，百种需索；睡时不肯睡，千般计较，所以不同也。"

好好地吃饭，好好地睡觉就是最大幸福，最深远的修行，这是多么伟大的直观！在禅师的语录里有许多这样的直观，都是在教导启示我们找到幸福的开关，例如：

百丈怀海说："如今对五欲八风，情无取舍，垢净俱亡，如日月在空，不缘而照；心如木石，亦如香象截流而过，更无滞碍，此人天堂地狱所不能摄也。"

庞蕴居士说："神通并妙用，运水与搬柴。""好雪片片，不落别处。"

沩山灵祐说："一切时中，视听寻常，更无委曲，亦不闭眼塞耳，但情不附物，即得。……譬如秋水澄清，清净无为，澹泞无碍，唤他作道人，亦名无事之人。"

黄檗希运："凡人多不肯空心，恐落空。不知自心本空，愚人除事不除心，智者除心不除事。""终日吃饭，未曾咬着一粒米；终日行走，未曾踏着一片地。与么时，无人我等相，终日不离一切事，不被诸境惑，方名自在人。"

在禅师的话语中，我们处处都看见了一个人如何透过直观，找到自心的安顿、超越的幸福。若要我说世间的修行人所为何事，我可以如是回答："是在开发人生最究竟的幸福。"这一点禅宗四祖道信早就说过了，他说："快乐无忧，故名为佛！"读到这么简单的句子使人心弦震荡，久久还绕梁不止，这不是人间最大的幸福吗？

只是在生命的起落之间，要人永远保有"快乐无忧"的心境是何其不易，那是远远越过了凡尘的青山与溪河的胸怀。因此另一个开关就显得更平易了，就是心灵的品味，仔细地体会生活环节的真义。

垂丝千尺，意在深潭

现代诗人周梦蝶，他吃饭很慢很慢，有时吃一顿饭要两个多小时，有一次我问他："你吃饭为什么那么慢呢？"

他说："如果我不这样吃，怎么知道这一粒米与下一粒米的滋味有什么不同。"

我从前不知道他何以能写出那样清新空灵、细致无比的诗歌，听到这个回答时，我完全懂了，那是自心灵细腻的品味，有如百千明镜鉴你，光影相照，使我们看见了幸福原是生活中的花草，粗心的人践花而过，细心的人怜香惜玉罢了。

这正是黄龙慧南说的："高高山上云，自卷自舒，何亲何疏；深深涧底水，遇曲遇直，无彼无此。众生日用如云水，云水如然人不尔。若得尔，三界轮回何处起？"

也是克勤圆悟说的："三百六十骨节，一一现无边妙身；八万四千毛端，头头彰宝王刹海。不是神通妙用，亦非法尔如然，苟能千眼顿开，直是十方坐断！"

众生在生活里的事物就像云水一样，云水如此，只是人不能自卷自舒、遇曲遇直，都保持幸福之状。保有幸福不是什么神通，只看人能不能千眼顿开，有一个截然的面对。

"垂丝千尺，意在深潭。"我们若想得到心灵真实的归依处，使幸福有如电灯开关，随时打开，就非时时把品味的丝线放到千尺以上不可。

人间的困厄横逆固然可畏，但人在横逆困厄之际，没有自处之道，不能找到幸福的开关才是最可怕的。因为这世界的困境牢笼不光为我一个人打造，人人皆然，为什么有的人幸福，有的人不幸，实在值得深思。

我有一位朋友，是一家大公司的经理，有一天，我约他去吃番薯稀饭，他断然拒绝了。

他说："我从小就是吃番薯稀饭长大的，十八岁那一年我坐火车离开彰化家乡，在北上的火车上我对天发誓：这一辈子我宁可饿死，也不会再吃番薯稀饭了。"

我听了怔在当地。就这样，他二十年没有吃过一口番薯，也许是这样决绝的志气与誓愿，使他步步高升，成为许多人欣羡的成功者。不过，他的回答真是令我惊心，因为在贫困岁月抚养我们成长的番薯是无罪的呀！

当天夜里，我独自去吃番薯稀饭，觉得这被视为卑贱象征的地瓜，仍然滋味无穷，我也是吃番薯稀饭长大的，但不管何时何地吃它，总觉得很好，充满了感恩与幸福。

走出小店，仰望夜空的明星，我听到自己步行在暗巷中清晰而邈远的足音，仿佛是自己走在空谷之中，我知道，我们走过的每一步不一定是完美的，但每一步都有值得深思的意义。

只是，空谷足音，谁愿意驻足聆听呢？

散步去吃猪眼睛

这些旧事使我充满了力量，使我觉得人生大致上还是美好的，即使是猪眼睛也有说不出的美味。

　　不久前，我在家附近的路上散步，发现一条转来转去的小巷尽头新开了一家灯火微明的小摊。那对摊主夫妇，就像我们在任何巷子的任何小摊上见到的主人一样，中年人，发福的身躯，满满的善意的微笑堆在胖盈盈的脸上，热情地招呼着往来过路的客人。

　　摊子上卖的食物也极平常，米粉汤、臭豆腐、担仔面、海带、卤蛋、猪头皮，甚至还有红露酒，以及米酒加保力达B，是那种随时随意可以小吃细酌的地方。我坐下来，叫了一些小菜，一杯酒，才发现这个小摊子上还卖猪眼睛、猪肺、猪肝连——这三样东西让我很震惊，因为它们关联着我童年的一段记忆。

　　我便就着四十烛光的小灯，喝着米酒，吃着那几种平凡而卑微的小菜，想起小菜内埋藏的辛酸滋味。

　　童年的时候，家住在偏远的乡下，离家不远处有一个小小的市场，市场口不知道什么时候就成了个去吃点心夜宵的摊子。哥哥和我经常到市场口去玩，去看热闹，去看那些蹲踞在长板凳条上吃夜宵的乡人。我们总是咽着口水，站在远远的地方看着。对于经常吃番薯拌饭的乡下穷孩子，吃夜宵仿佛是一个相当遥远的梦想。有时候站得太近了，哥哥总会紧紧拉着我的手匆匆从市场口离开。

后来，哥哥想了一个办法。每在假日就携着我的手到家后面的小溪摸蛤——那条宁静轻浅的小溪生产着数量丰富的蛤仔、泥鳅和鱼虾。我们找来一个旧畚箕，溯着溪流而上，一段一段地清理溪中的蛤仔，常常忙到太阳西下，能摸到几斤重的蛤仔。我们把蛤仔批售给在市场里摆海鲜摊位的蚵仔伯，换来一些零散的角子。我们瞒着爸妈，把那些钱全存在锯空的竹筒里。

秋天的时候，我们就爬到山上去捡蝉壳。透明的蝉壳黏挂在野生的相思树上，有时候挂得真像初生不久的葡萄。有时候我们也抓蜈蚣、蛤蟆，全部集中起来卖给街市里的中药铺。据说蝉壳、蜈蚣、蛤蟆都可以用来做中药治皮肤病。

有时我们跑到更远的地方，去捡到处散置的破铜烂铁，以一斤五毛钱的价格卖给收旧货的摊子。

春天是我们收入最丰盛的时间。稻禾初长的时候，我们沿着田沟插竹枝。竹子上用钓钩钩住小青蛙，第二天清晨就去收那些被钩在竹枝上的田蛙，然后提到市场去叫卖。稻子长成收割了，我们则和一群孩童到稻田中拾穗，那些被农人遗落在田里的稻穗，是任何人都可以去捡拾的，还有专门收购这些稻穗的人。

甘蔗收成完了，我们就到蔗田捕田鼠，把田鼠卖给煮野味的小店，或者是灌香肠的贩子。后来我们有了一点钱，哥哥带我去买了一张捕雀子的网，就挂在稻田的旁边，捕捉进网的小麻雀，运气好的话还可以捉到野斑鸠，或失群的鸽子。

我们那些一点一滴的收入全变成角子,偷偷地放置在我们共有的竹筒里。竹筒的钱愈积愈多,我们时常摇动竹筒,听着银钱在里面喧哗的响声,高兴得夜里都难以入眠。

哥哥终于做了一个重大决定,说:"我们到市场口去吃夜宵。"我们商量一阵,把日期定在布袋戏大侠一江山到市场口公演的那一天。日子到的时候,我们破开竹筒,铜板们像不能控制的潮水般"哗啦啦"散了一地,我们差一点没有高声欢呼起来。哥哥捧着一堆铜板告诉我:"这些钱我们可以吃很多夜宵了。"

我们各揣了一口袋的铜板到市场口,决定好好大吃一顿。我们挤在人丛里看大侠一江山,心却早就飞到卖小吃的地方了。

戏演完了,我们学着乡下人的样子,把两只脚踩蹲在长条凳上,各叫一碗米粉汤,然后就不知道要吃什么才好了,又舍不得花钱,憋了很久,哥哥才颤颤地问:"什么肉最便宜?"胖胖的老板娘说:"猪眼睛、猪肺、猪肝连都很便宜!"

"各来两块钱吧!"我和哥哥异口同声地说。

那天夜里我们吹着口哨回家——我们终于吃过夜宵了,虽然那要花掉我们一个月辛苦工作的成绩。猪眼睛、猪肺、猪肝连都是一般人不吃的东西,我们却觉得是说不出的美味,那种滋味恐怕也说不清楚,大概是因为我们吃着的是自己用血汗换来的吧!

后来我们每当工作了一段时间,哥哥就会说:"我们去吃猪眼睛吧!"我们就携着手走出家门前幽长的巷子。我们有很好的兴致在乡道上散步,会停下来看光辉闪照的月亮,会充满喜乐地辨认北极星的方位。我们觉得人生的一切真是美好,连聒噪的蛙鸣都好听——没有特别的原因,只是因为我们要散步去吃猪眼睛。

有一次我们存了一点钱,就想到戏院里看正在上映的电影。看电影对我们也是一种奢侈，平常我们都是去捡戏尾仔，或者在戏院门口央求大人带我们进去，这一次我们终于可以用自己赚来的钱去看电影了。

到电影院门口，我们才知道看一场电影竟要一块半，而我们身上只有两块钱，哥哥买了一张票，说："你进去看吧，我在外面等你，你出来后再告诉我演些什么。"我说："哥，还是你进去看，你脑子好，出来再说故事给我听。"两人争执半天，我拗不过哥哥，进去了。那场电影是日本电影《黄金孔雀城》，那是个热闹的电影，可是我怎么也看不下去，只是惦记着坐在戏院外面台阶上的哥哥，想到为什么我们不能一起坐着看电影呢？

电影没看完我就跑出来了，看到哥哥冷清的背影，他支着肘不知在想什么事情。戏院外不知何时下起细雨来的，雨丝飘飘，淋在哥哥理光的头颅上。

"戏演完了？"哥哥看到我的时候说。

我摇摇头。

"这个戏怎么这样短，别人为什么都没有出来？"

我又摇摇头。

"演些什么？好不好看？"

我忍着泪，再摇摇头。

"你怎么搞的？戏到底演些什么？"哥哥着急地询问着。

"哥哥……"我忍不住号啕大哭起来，一句话也说不清楚。

我们就相拥着在戏院门口的微雨中哭泣起来，哭了半天。哥哥说："下次不要再花钱看电影了，还是去吃猪眼睛好。"我们就在雨里散步走回家，路过市场口，都禁不住停下来看着那个卖猪眼睛的摊子。

经过这么多年，我完全记不得第一次自己花钱看的电影演些什么了。然而哥哥穿着小学的卡其色制服的样子，理得光光的头颅，淋着雨冷清清的背影，我却永不能忘，愈是冲刷愈有光泽。

自从发现住家附近有了卖猪眼睛的摊子，我就时常带着妻子去吃猪眼睛，并和她一起回忆我那虽然辛苦却色泽丰富的童年。我们时常无言地散步，沿着幽暗的巷子走到尽头去吃猪眼睛，仿佛一口口吃着自己的童年。

每当我工作辛苦，感到无法排遣的时候，就在散步去吃猪眼睛的路上，我会想起在溪流中、在山林上、在稻田里的那些最初的劳动，并且想起我敬爱的哥哥童年时代坐在戏院门口等我的背影。这些旧事使我充满了力量，使我觉得人生大致上还是美好的，即使是猪眼睛也有说不出的美味。

爱是作料，要加在肉羹里，才会更美味。

长途跋涉的肉羹

在我读小学五年级的时候，有一次看见爸爸满头大汗从外地回来，手里提着一个用草绳绑着的全新的铁锅。

他一面走，一面召集我们："来，快来吃肉羹，这是爸爸吃过的最好吃的肉羹。"

他边解开草绳，边说起那一锅肉羹的来历。

爸爸到遥远的凤山去办农会的事，中午到市场吃肉羹，发现那摊肉羹非常的美味，他心里想着："但愿我的妻儿也可以吃到这么美味的肉羹呀！"

但是那个时代没有塑胶袋，要外带肉羹真是困难的事。爸爸随即到附近的五金行买了一个铁锅，并向卖家要了一条草绳，然后转回肉羹摊，买了满满一锅肉羹，用草绳绑好，提着回家。

当时的交通不便，从凤山到旗山的道路颠颠不平，平时不提任何东西坐客运车都会晕头转向、灰头土脸，何况是提着满满一锅肉羹呢？

把整锅肉羹夹在双腿，坐客运车回转家园的爸爸，那种惊险的情状是可以想见的。虽然他是这么小心翼翼，肉羹还是溢出不少，回到家，锅外和草绳上都已经沾满肉羹的汤汁了，甚至爸爸的长裤也湿了一大片。

锅子在我们的围观下打开，肉羹只剩下半锅。

妈妈为我们每个孩子添了半碗肉羹，也为自己添了半碗。

由于我们知道这是爸爸千辛万苦从凤山提回来的肉羹，吃的时候就有一种庄严、欢喜、期待的心情，一反我们平常狼吞虎咽的样子，一小口一小口地品尝那长途跋涉，饱含着爱，还有着爱的余温的肉羹。

爸爸开心地坐在一旁欣赏我们的吃相，露出他惯有的开朗的笑容。

妈妈边吃肉羹边说："这凤山提回来的肉羹确实好吃！"

爸爸说："就是真好吃，我才会费尽心机提这么远回来呀！这铁锅的价钱是肉羹的十倍呀！"

当爸爸这样说的时候，我感觉温馨的气息随着肉羹与香菜的味道，充塞了整个饭厅。

不，那时我们不叫饭厅，而是灶间。

那一年，在黝黯的灶间，在昏黄的烛光灯火下吃的肉羹是那么美味，经过三十几年了，我还没有吃过比那更好吃的肉羹。

因为那肉羹加了一种特别的作料，是爸爸充沛的爱以及长途跋涉的表达呀！这使我真实地体验到，光是充沛的爱还是不足的，与爱同等重要的是努力的实践与真实的表达，没有透过实践与表达的爱，是无形的、虚妄的。我想，这是爸爸妈妈那一代人，他们的爱那样丰盈真实，却从来不说"我爱你"，甚至终其一生没有说过一个"爱"字的理由吧！

爱是作料，要加在肉羹里，才会更美味。

自从吃了爸爸从凤山提回来的肉羹，每次我路过凤山，都有一种亲切之感。这凤山，是爸爸从前买肉羹的地方呢！

我的父母都是善于表达爱的人，因此，在我很幼年的时候，就知道再微小的事物，也可以作为感情的表达，而再贫苦的生活，也因为这种表达而显现出幸福的面貌。

幸福，常常是隐藏在平常的事物中，只要加一点用心，平常事物就会变得非凡、美好、庄严了。只要加一点用心，凡俗的日子就会变得可爱、可亲、可想念了。

就像不管我的年岁如何增长，不论我在天涯海角，只要一想到爸爸从凤山提回来的那一锅肉羹，心中依然有三十年前的汹涌热潮在滚动。肉羹可能会冷，生命中的爱与祝愿，永远是热腾腾的；肉羹可能在动荡中会满溢出来，生活里被宝藏的真情蜜意，则永不逝去。

冰糖芋泥

我成长的环境是艰困的，因为有母亲的爱，那艰困竟都化成甜美。

　　每到冬寒时节，我时常想起幼年时候，坐在老家西厢房里，一家人围着大灶，吃母亲做的冰糖芋泥。事隔二十几年，每回想起，齿颊还会涌起一片甘香。

　　有时候没事，读书到深夜，我也会学着妈妈的方法，熬一碗冰糖芋泥。温暖犹在，但味道已大不如前了。我想，冰糖芋泥对我，不只是一种食物，而是一种感觉，是冬夜里的暖意。

　　成长在台湾"光复"后几年的孩子，对番薯和芋头这两种食物，相信记忆都非常深刻。早年在乡下，白米饭对我们来讲是一种奢想，三餐时，饭锅里的米饭和番薯永远是不成比例的，有时早上喝到一碗未掺番薯的白粥，会高兴半天。

　　生活在那种景况中的孩子只有自求多福，但最难为的恐怕是妈妈，因为她时刻都在想如何为那简单贫乏的食物设计一些新的花样，让我们不感到厌倦，并增加我们的生活趣味。我至今最怀念的是母亲费尽心机在食物上所创造的匠心和巧意。

打从我刚学会走路的时候，就经常在午后的空闲里，随着母亲到田中采摘野菜，她能分辨出什么野菜可以食用，且加以最可口的配方。譬如有一道菜叫"乌莘菜"，母亲采下那最嫩的芽，用太白粉烧汤，那又浓又香的汤汁，我到今天还不敢稍稍忘记。

即使是番薯的叶子，摘回来后剥皮去丝，不管是火炒，还是清煮，都有特别的翠意。

如果遇到雨后，母亲就拿把铲子和竹篮，到竹林中去挖掘那些刚要冒出头来的竹笋。竹林中阴湿的地方常生长着一种可食用的蕈类，是银灰而带点褐色的。母亲称为"鸡肉丝菇"，炒起来的味道真是如同鸡肉丝一样。

就是乡间随意生长的青凤梨，母亲都有办法变出几道不同的菜式。

母亲是那种做菜时常常有灵感的人，可是遇到我们几乎天天都要食用、等于是主食的番薯和芋头则不免头痛。将番薯和芋头加在米饭里蒸煮是很容易的，可是如果天天吃着这样的食物，恐怕脾气再好的孩子都要哭丧着脸。

在我们家，番薯和芋头都是长年不缺的，番薯种在离溪河不远处的沙地，纵在最困苦的年代，也会繁茂地生长，取之不尽，食之不绝。芋头则种在田野沟渠的旁边，果实硕大坚硬，也是四季不缺。

我常看到母亲对着用整布袋装回来的番薯和芋头发愁，然后她开始在发愁中创造，企图用最平凡的食物，来做最不平凡的菜肴，让我们整天吃这两种东西不感到烦腻。

母亲当然把最好的部分留下来掺在饭里，其他的，她则小心翼翼地将之切成薄片，用糖、面粉和我们自己生产的鸡蛋打成糊状，薄片沾着粉糊下到油锅里炸，到呈金黄色的时刻捞起，然后用一个大的铁罐盛装，就成为我们日常食用的饼干。由于母亲故意宝爱着那些饼干，我们吃的时候是要分配的，所以觉得格外好吃。

即使是番薯有那么多，母亲也不准我们随便取用，她常谈起日据时代空袭的一段岁月，说番薯也和米饭一样重要。那时我们家还用烧木柴的大灶，下面是排气孔，烧剩的火灰落到气孔中还有温热，我们最喜欢把小的红心番薯放在孔中让火烬焖熟，剥开来真是香气扑鼻。母亲不许我们这样做，只有得到奖赏的孩子才有那种特权。

记得我每次考了第一名，或拿奖状回家时，母亲就特准我在灶下焖两个红心番薯以作为奖励。我从灶里探出焖熟的番薯，心中那种荣耀的感觉真不亚于在学校的讲台上领奖状，番薯吃起来也就特别有味。我们家是个大家庭，我有十四个堂兄弟，四个堂姊，伯父母都是早年去世，由母亲主理家政，到今天，我们都还记得领到两个红心番薯是多么隆重的奖品。

番薯不只用来做饭、做饼、做奖品，还能与东坡肉同卤，还能清蒸，母亲总是每隔几日就变一种花样。夏夜里，我们做完功课，最期待的点心是母亲把番薯切成一寸见方和凤梨一起煮成的甜汤，酸甜兼具，颇可以象征我们当日的生活。

芋头的地位似乎不像番薯那么重要，但是母亲的一道芋梗做成的菜肴，几乎无以形容。有一回我在台北"天津卫"吃到一道红烧茄子，险险落下泪来，因为这道北方的菜肴，味道竟和二十几年前南方贫苦的乡下、母亲做的芋梗极其相似。本来挖了芋头，梗和叶都要丢弃的，母亲却不舍，于是芋梗做了盘中飧，芋叶则用来给我们上学做饭包。

芋头孤傲的脾气和它流露的强烈气味是一样的，它充满了敏感，几乎和别的食物无法相容。削芋头的时候要戴手套，因为它会让皮肤麻痒，它的这种坏脾气使它不能取代番薯，永远是个二副，当不了船长。

我们在过年过节时能吃到丰盛的晚餐，其中不可少的一样是芋头排骨汤，我想全天下没有比芋头和排骨更好的配合了，唯一能相提并论的是莲藕排骨，但一浓一淡，风味各殊。人在贫苦的时候，毋宁是更喜爱浓烈的味道。母亲在红烧鲢鱼头时，炖烂的芋头和鱼头相得益彰，恐怕也是天下无双。

最不能忘记的是我们在冬夜里吃冰糖芋泥的经验，母亲把煮熟的芋头捣烂，和着冰糖同熬，熬成几近晶蓝的颜色，放在大灶上。就等着我们做完功课、给检查过以后，可以自己到灶上舀一碗热腾腾的芋泥，围在灶边吃。每当知道母亲做了冰糖芋泥，我们一回家便赶着做功课，期待着灶上的一碗点心。

冰糖芋泥只能慢慢地品尝，就是在最冷的冬夜，它的每一口也都是滚烫的。我们一大群兄弟姊妹站立着围在灶边，细细享受母亲精制的芋泥，嬉嬉闹闹，吃完后才满足地回房就寝。

二十几年时光的流转，兄弟姊妹都因成长而星散了，连老家都因盖了新屋而消失无踪，有时候想在大灶边吃一碗冰糖芋泥，都已成了奢想。天天吃白米饭，使我想起那段用番薯和芋头堆积起来的成长岁月：想吃去年腌制的萝卜干吗？想吃雨后的油焖笋尖吗？想吃灰烬里的红心番薯吗？想吃冬夜里的冰糖芋泥吗？有时想得不得了，心中徒增一片惆怅，即使真能再制，即使母亲还同样地刻苦，味道总是不如从前了。

我成长的环境是艰困的，因为有母亲的爱，那艰困竟都化成甜美，母亲的爱就表达在那些看起来微不足道的食物里面。一碗冰糖芋泥其实没有什么，但即使看不到芋头，吃在口中，也可以简单地分辨出那不是别的东西，而是一种无私的爱。无私的爱在困苦中是最坚强的，它纵然研磨成泥，但每一口都是滚烫的，是甜美的，在我们最初的血管里奔流。

在寒流来袭的台北灯下，我时常想到，如果幼年时代没有吃过母亲的冰糖芋泥，那么我的童年记忆就完全失色了。

　　我如今能保持乡下孩子恬淡的本性，常能在面对一袋袋知识的番薯和芋头，知所取舍变化，创造出最好的样式，在烦闷发愁时不失去向前的信心，我确信和我童年的生活有着密切的关系。因为母亲的影子在我心里最深刻的角落，永远推动着我。

红心番薯

　　看我吃完两个红心番薯，父亲才放心地起身离去，走的时候还落寞地说：为什么不找个有土地的房子呢？

　　这次父亲北来，是因为家里的红心番薯收成，特地背了一袋给我，还挑选几个格外好的，希望我种在庭前的院子里。他万万没有想到，我早已从郊外的平房搬到城中的大厦，根本是容不下绿色的地方，甚至长不出一株狗尾草，更不要说番薯了。

　　到车站接了父亲回到家里，我无法形容父亲的表情是多么近乎无望。他在屋内转了三圈，才放下提着的麻袋，愤愤地说："伊娘咧！你竟住在无土的所在！"一个人住在脚踏不到泥土的地方，父亲不能忍受，这也是我看到他的表情才知道的。然后他的愤愤转变成喃喃："你住在这种上不着天下不落地的所在，我带来的番薯要种在哪里？要种在哪里？"

　　父亲对番薯的感情，也是这两年我才深切知道的。

有一次我站在旧家前，看着河堤延伸过来的苇芒花在微凉秋风中摇动着，那些遍地蔓生的苇芒长得有一人高，我看到较近的苇芒摇动得特别厉害，凝神注视，才突然看到父亲走在那一片苇芒里，我大吃一惊。原来父亲的头发和秋天灰白的苇芒花是同一种颜色，他在遍生苇芒的野地里走了几百米，我竟未能看见。

那时我站在家前的番薯田里，父亲来到我的面前，微笑地问："在看番薯吗？你看长得像羊头一样大了哩！"说着，他蹲下来很细心地拨开泥土，捧出一个精壮圆实的番薯来，以一种赞叹的神情注视着番薯。我带着未能在苇芒花中看见父亲身影的愧疚心情，与他面对面蹲着。父亲突然像儿童天真欢愉地叹了一口气，很自得地说："你看，恐怕没有人番薯种得比我好了。"然后他小心翼翼地把那个番薯埋入土中，动作像是在收藏一件艺术品，神情庄重而带着收获的欢愉。

父亲的神情使我想起幼年关于番薯的一些记忆。有一次我和几位外省的小孩子吵架，他们一直骂着："番薯呀！番薯呀！"我们就回骂："老芋呀！老芋呀！"

对这两个名词我是疑惑的，回家询问了父亲。那天他喝了几杯老酒，神情至为愉快，打开一张老旧的地图，指着台湾的那一部分说："台湾的样子真是像极了红心的番薯，你们是这番薯的子弟呀！"而无知的我便指着北方广大的大陆说："那，这大陆的形状就是一个大的芋头了，所以外省人是芋仔的子弟？"父亲大笑起来，抚着我的头说："憨囝仔，我们也是从唐山来的，只是来得比较早而已。"

然后他用一支红笔，从我们遥远的北方故乡有力地画下来，连到我们所居的台湾南部。那是我第一次在十烛光的灯泡下认识到芋头与番薯原来是极其相似的植物，并不是我们想象中那么判然有别的。也第一次知道，原来在东北会落雪的故乡也遍生着红心的番薯！

更早的记忆是从我会吃饭开始的。家里每次收成番薯，总是保留一部分填置在木板的眠床底下。我们的每餐饭中一定煮了三分之一的番薯，早晨的稀饭里也放了番薯，有时吃腻了，我就抱怨起来。

听完我的抱怨，父亲就激动地说起他少年的往事。他们那时为了躲警报，常常在防空壕里一窝就是一整天。所以祖母每每把番薯煮好放着，一旦警报声响起，父亲的九个兄弟姐妹就每人抱两三个番薯直奔防空壕，一边啃番薯，一边听飞机和炮弹四处交响。他的结论常常是："那时候有番薯吃，已经是天大的幸福了。"他说完这个故事，我们只好默然地把番薯扒到嘴里去。

父亲的番薯训诫并不是寻常都如此严肃，偶尔也会说起战前在日本人的小学堂中放屁的事。由于吃多了番薯，屁有时是忍耐不住的，当时吃番薯又是一般家庭所不能免。父亲形容说："因此一进了教室往往是战云密布，不时传来屁声。"他说放屁是会传染的，常常一呼百诺，万众皆响。有一回屁放得太厉害，全班被日本老师罚跪在窗前，即使跪着，屁声仍然不断。父亲玩笑地说："因为跪的姿势，屁声好像更响了。"他说这些的时候，我们通常就吃番薯吃得比较甘心，放起屁来也不以为忤了。

然后是一阵战乱，父亲到南洋打了几年仗，在丛林之中，时常从睡梦中把他唤醒、时常让他在思乡时候落泪的不是别的珍宝，而是普普通通的红心番薯。它炙烤过的香味穿过数年的烽火，在万金家书也不能抵达的南洋，温暖了一位年轻战士的心，并呼唤他平安地回到家乡。他有时想到番薯的香味，一张像极番薯形状的台湾地图就清楚地浮现，思绪接着往南方移动，接下来的图像便是温暖的家园，还有宽广无边、结满黄金稻穗的大平原……

战后返回家乡，父亲的第一件事便是在家前家后种满了番薯，日后遂成为我们家的传统。家前种的是白瓢番薯，粗大壮实，一个可以长到十斤以上。屋后一小片园地是红心番薯，一串一串的果实，细小而甜美。白瓢番薯是为了预防战争逃难而准备的，红心番薯则是父亲南洋梦里的乡思。

每年一到父亲从南洋归来的纪念日，夜晚的一餐我们通常不吃饭，只吃红心番薯，听着父亲诉说战争的种种。那是我农夫父亲的忧患意识。他总是记得饥饿的年代里番薯是可以饱腹的。如今回想起来，一家人围着小灯食薯，那种景况我在梵高的名画《食薯者》中似乎看见过，在沉默中，那是庄严而肃穆的。

在富裕的此时此地，父亲的忧患恍若一个神话。大部分人永远不知有枪声，只有极少数经过战争的人，在他们心底有一段番薯的岁月，那岁月里永远有枪声时起时落。

由于有那样的童年，日后我在各地旅行的时候，便格外留心番薯的踪迹。我发现在我们所居的这张番薯形状的地图上，从最北角到最南端，从山坡上贫瘠的石头地到河岸边肥沃的沙浦，番薯都能坚强地、不经由任何肥料与农药而向四方生长，并结出丰硕的果实。

有一次，我在澎湖的无人岛上，看到人所耕种的植物几乎都被野草吞灭了，只有遍生的番薯还在和野草争着方寸，在无情的海风烈日下开出一片淡红的晨曦颜色的花，而且在最深的土里，各自紧紧握着拳头。那时我知道在人所种植的作物之中，番薯是最强悍的。

这样想着，幼年家前家后的番薯花突然在脑中闪现，番薯花的形状和颜色都像牵牛花，唯一不同的是，牵牛花不论在篱笆上还是在阴湿的沟边，都是抬头挺胸，仿佛要探知人世的风景；番薯花则通常是卑微地依着土地，好像在嗅着泥土的芳香。在夕阳将下之际，牵牛花开始萎落，而那时的番薯花却开得正美，淡红夕云一样的色泽，染满了整片土地。

正如父亲常说的，世界上没有一种植物比得上番薯，它从头到脚都有用，连花也是美的。现在台北最干净的菜市场也卖有番薯叶，价钱还颇不便宜。有谁想到这是在乡间最卑贱的菜，是逃难的时候才吃的？

在我居住的地方，巷口本来有一位卖糖番薯的老人，一个滚圆的大铁锅，挂满了糖渍过的番薯。开锅的时候，一缕扑鼻的香味由四面扬散，那些番薯是去皮的，长得很细小，却总像记录着某种心底的珍藏。有时候我向老人买一个番薯，一边散步回来一边吃着，那蜜一样的滋味进了腹中，却有一点酸苦，因为老人的脸总使我想起在烽烟中奔走过的风霜。

老人是离乱中幸存的老兵，家乡在山东偏远的小县城。有一回我们为了地瓜问题争辩起来，老人坚称台湾的红心番薯如何也比不上他家乡的红瓤地瓜，他的理由是："台湾多雨水，地瓜哪有俺家乡的甜？俺家乡的地瓜真是甜得像蜜！"老人说话的神情好像他已回到家乡，站在地瓜田里。看着他的神情，使我想起父亲和他的南洋和他在烽火中的梦。我才真正知道，番薯虽然卑微，它却联结着乡愁的土地，永远在乡思的天地里吐露新芽。

父亲送我的红心番薯，过了许久，有些要发芽的样子。我突然想起在巷口卖糖番薯的老人，便提去巷口送他，没想到老人改行卖牛肉面了。我说："你为什么不卖地瓜了呢？"老人愕然地说："唉！这年头，人连米饭都不肯吃了，谁来买俺的地瓜呢？"我无奈地提番薯回家，把番薯袋子丢在地上，一个番薯从袋口跳出来，破了，露出鲜红的血肉。这些无知的番薯为何经过三十年心还是红的？不肯改一点颜色？

老人和父亲生长在不同背景的同一个年代，他们在颠沛流离的大时代里只是渺小而微不足道的人，可能只有那破了皮的红心番薯才能记录他们心里的颜色。那颜色如清晨的番薯花，在晨曦掩映的云彩中，曾经欣欣茂盛过，曾经以卑微的累累球根互相拥抱，互相温暖。他们之所以能卑微地活过人世的烽火，是因为在心底的深处有着故乡的骄傲。

站在阳台上，我看到父亲去年给我的红心番薯，我任意种在花盆中，放在阳台的花架上，如今，它的绿叶已经长到磨石子地上，有的甚至伸出阳台的栏杆，仿佛在找寻什么。每一丛红心番薯的小叶下都长出根的触须，在石地板上待久了，有点萎缩而干枯。那小小的红心番薯是在找寻它熟悉的土地吧！因为土地，我想起父亲在田中耕种的背影，那背影的远处，是他从芦苇丛中远远走来，到很近的地方，花白的头发冒出了苇芒。为什么番薯的心还红着，父亲的头发竟白了？

在我十岁那年，父亲首次带我到都市来，我们行经一片被拆除公寓的工地，工地堆满了砖块和沙石。父亲在堆置的砖块缝中，一眼就辨认出几片番薯叶子，我们循着叶子的茎络，终于找到一株几乎被完全掩埋的根，父亲说："你看看这番薯，根上只要有土，它就可以长出来。"然后他没有再说什么，执起我的手，走路去饭店参加堂哥隆重的婚礼。如今我细想起来，那一株被埋在建筑工地的番薯有着逃难的身世的，由于它的脚在泥土上，苦难无法掩埋它。比起这些种在花盆中的番薯，它有着另外的命运和不同的幸福，就像我们远离了百年的战乱，住在看起来隐秘而安全的大楼里，却有了失去泥土的悲哀——伊娘咧！你竟住在无土的所在。

星空夜静，我站在阳台上仔细端凝盆中的红心番薯，发现它吸收了夜的露水，在细瘦的叶片上，片片冒出了水珠，每一片叶都沉默地

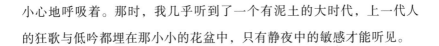

风过林梢，白雪年少。

小心地呼吸着。那时，我几乎听到了一个有泥土的大时代，上一代人的狂歌与低吟都埋在那小小的花盆中，只有静夜中的敏感才能听见。

布履一双，清风自在，我有明珠一颗，
照破山河万朵。

布履一双，
清风自在。

发芽的心情

有一年，我在武陵农场打工，为果农收成水蜜桃与水梨。那时候是冬天，清晨起来要换上厚重的棉衣，因为山中的空气格外有一种清澈的冷，深深呼吸时，凉沁的空气就充满了整个胸肺。

我住在农人的仓库里，清晨挑起箩筐到果园子里去，薄雾正在果树间流动，等待太阳出来时再往山边散去。在薄雾中，由于枝丫间的叶子稀疏，可以清楚地看见那些饱满圆熟的果实从雾里浮凸出来，青鲜的、还挂着夜之露水的果子，如同刚洗过一个干净的澡。

雾掠过果树，像一条广大的河流，这时阳光正巧洒下满地的金线，果实的颜色露出来了，梨子如透明一般，几乎能看见表皮下的水分。成熟的水蜜桃有一种粉状的红，在绿色的背景中，那微微的红如鸡心石一样，流动着一棵树的血液。

我最喜欢清晨曦光初见的时刻。那时，一天的劳动刚要开始，心里感觉到要开始劳动的喜悦，而且面对一片昨天采摘时还青涩的果子，经过夜的洗礼竟已成熟了，可以深切地感觉到生命的跃动，知道每一株果树全都有着使果子成长的力量。我小心地将水蜜桃采下，放在已铺满软纸的箩筐里，手里能感觉到水蜜桃的重量，以及那充满甜水的内部质地。捧在手中的水蜜桃，虽已离开了它的树枝，却像一株果树的心。

采摘水蜜桃和梨子原不是粗重的工作，可是到了中午，全身几乎已经汗湿，中午冬日的暖阳使人不得不脱去外面的棉衣。这样轻微的劳作，为何会让人汗流浃背呢？有时我这样想着。后来找到的原因是：水蜜桃与水梨虽不粗重，但它们那样容易受伤，非得全神贯注不可——全神贯注也算是我们对大地生养的果实应有的一种尊重吧！

才一个月的时间，我们差不多把果园中的果实完全采尽了，工人们全部放工，转回山下，我却爱上了那里的水土，经过果园主人的准许，答应让我在仓库里一直住到春天。能够在山上过冬是我意想不到的，那时候我早已从学校毕业，正等待着服兵役的征集令，由于无事，心情差不多放松下来了。我向附近的人借到一副钓具，空闲的时候，就坐客运车到雾社的碧湖去徜徉一天，偶尔能钓到几条小鱼，通常只是饱览了风景。

有时候我坐车到庐山去洗温泉，然后在温泉岩石上晒一个下午的太阳；有时候则到比较近的梨山，在小街上散步，看那些远从山下爬上来赏冬景的游客。夜间一个人在仓库里，生起小小的煤炉，饮一壶烧酒，然后躺在床上，细细地听着窗外山风吹过林木的声音，深深觉得自己是完全自由的人，是在自然中与大地上工作过、静心等候春天的人。

采摘过的果园并不因此就放了假，果园主人还是每天到园子里去，做一些整理剪枝除草的工作。尤其是剪枝，需要长期的经验与技术。听说光是剪枝一项，就会影响明年的收成。我的四处游历告一段落，有一天到园子去帮忙整理，我所见的园中景象令我大大吃惊。因为就在一个月前曾结满累累果实的园子，这时全像枯萎了一般，不但没有了果实，连过去挂在枝干尾端的叶子也都凋落净尽。只有一两株果树上，还留着一片焦黄的、在风中抖颤着随时要落在地上的黄叶。

园中的落叶几乎铺满地，走在上面窸窣有声，每一步都把落叶踩裂，碎在泥地上。我并不是不知道冬天的树叶会落尽的道理，但是对于生长在南部的孩子来说，树总是常绿的，看到一片枯树反而觉得有些反常。

我静静地立在园中，环目四顾，看那些我曾为它们的生命、为它们的果实而感动过的果树，如今充满了肃杀之气，我不禁在心中轻轻叹息起来。同样的阳光，同样的雾，却洒在不同的景象之上。

曾经雇用过我的主人不能明白我的感伤，走过来拍我的肩，说："怎么了？站在这里发呆？"

"真没想到才几天的工夫，叶子全落尽了。"我说。

"当然了，今年不落尽叶子，明年就长不出新叶；没有新叶，果子不知道要长在哪里呢！"园主人说。

然后他带领我在园中穿梭，手里拿着一把利剪，告诉我如何剪除那些已经没有生长力的树枝。他说那是一种割舍，因为长得太密的枝丫明年固然能结出许多果子，但一棵果树的力量是有限的，太多的树枝可能结出太多的果，却会使所有的果都长得不好。经过剪除，就能大致把握明年的收成。我虽然感觉到那对一棵树的完整有伤害，但作为一棵果树，不就是为了结果吗？为了结出更好的果，母株总要有所牺牲。

我看到有些拇指粗细的枝丫被剪落，还流着白色的汁液，说："如果不剪枝呢？"

园主人说："你看过山地里野生的芭乐吗？它的果子一年比一年小，等到树枝长得过盛，就根本不能结果了。"

我们在果园里忙碌地剪枝除草，全是为了明年的春天做准备。春天，在冬日的冷风中感觉像是十分遥远的日子，但是拔草的时候，看到那些在冬天也顽强抽芽的小草，似乎春天就在那深深的土地里，随时等候着涌冒出来。

果然，我们等到了春天。

其实说是春天还嫌早，因为气温仍然冰冷一如前日。我去园子的时候，发现果树像约定好的一样，几乎都抽出绒毛一样的绿芽，那些绒绒的绿昨夜刚从母亲的枝干挣脱出来，初面人世，每一片都绿得像透明的绿水晶，抖颤地睁开了眼睛。我尤其看到初剪枝的地方，芽抽得特别早，也特别鲜明，仿佛是在补偿着母亲的阵痛。我在果树前深深地受到了感动，好像我也感觉了那抽芽的心情。那是一种春天的心情，只有在最深的土地中才能探知。

我无法抑制心中的兴奋与感动，每天第一件事就是跑去园子，看那些喧哗的芽一片片长成绿色的叶子，并且有的还长出嫩绿的枝丫，逐渐在野风中转成褐色。有时候，我一天去看好几次，感觉在黄昏的落日里，叶子长得比黎明时要大得多。那是一种奇妙的观察，确实能知道春天的讯息。春天原来是无形的，可是借着树上的叶、草上的花，我们竟能真切地触摸到春天——冬天与春天不是像天上的两颗星那样遥远，而是同一株树上的两片叶子，那样紧切地跨步走。

我离开农场的时候，春阳和煦，人也能感觉到春天的触摸。园子里的果树也差不多长出一整树的叶子，但是有两株果树却没有发出新芽，枝丫枯干，一碰就断落，它们已经在冬天里枯干了。

果园的主人告诉我，每一年，过了冬季，总有一些果树就那样死去了，有时连当年结过好果实的树也不例外。他也想不出什么原因，只说："果树和人一样，也有寿命，短寿的可能未长果就夭折，有的活了五年，有的活了十几年，真是说不准。奇怪的是，果树的死亡没有什么征兆，有的明明果子长得好好的，却就这样死去……"

"真奇怪，这些果树是同时播种，长在同一片土地上，受到相同的照顾，品种也都一样。为什么有的冬天以后就活不过来呢？"我问着。

我们都不能解开这个谜题，站在树前互相对望。夜里，我为这个问题而想得失眠了。果树在冬天落尽叶子，为何有的在春天不能复活呢？园子里的果树都还年轻，不应该这样就死去！

"是不是有的果树不是不能复活，而是不肯活下去呢？就像一些人失去了生的意志而自杀了？或者说，在春天里发芽也要心情，那些强悍的树被剪枝，就用发芽来补偿，而比较柔弱的树被剪枝，则伤心地失去了对春天的期待与心情。树，是不是有心情的呢？"我这样反复地询问自己，知道难以找到答案，因为我只能看到树的外观，不能了解树的心情。就像我从树身上知道了春的讯息，但我并不完全了解春天。

我想到，人世里的波折其实也和果树一样。有时候我们面临冬天的肃杀，却还要被剪去枝丫，甚至流下了心里的汁液。那些懦弱的人，就不能等到春天；只有永远保持春天的心情等待发芽的人，才能勇敢地过冬，才能在流血之后还能满树繁叶，然后结出比剪枝以前更好的果实。

多年以来，我心中时常浮现出那两株枯死的水蜜桃树，尤其是受到无情的波折与打击时，那两株原本无关紧要的桃树，它们的枯枝就像两座生铁的雕塑，从我的心房中撑举出来，我对自己说："跨过去，春天不远了，我永远不要失去发芽的心情。"果然，我没有被冬寒与剪枝击败，虽然有时静夜想想，也会黯然流下泪来，但那些泪，在一个新的春天来临时，往往成为最好的肥料。

木鱼馄饨

深夜到临沂街去访友，偶然在巷子里遇见多年前旧识的卖馄饨的老人。他开朗依旧，风趣依旧，虽然抵不过岁月风霜而有一点佝偻了。

四年多以前，我客居在临沂街，夜里时常工作到很晚。每天凌晨一点半左右，一阵清越的木鱼声，总是响进我临街的窗口。那木鱼的声音非常准时，天天都在凌晨的时间敲响，即使在风雨来时也不间断。

刚开始的时候，木鱼声带给我一种神秘的感觉，往往令我停止工作，出神地望着窗外的长空，心里不断地想着：这深夜的木鱼声，到底是谁敲起的？它又象征了什么意义？难道有人每天凌晨一时在我住处附近念经吗？

在民间，过去曾有敲木鱼为人报晓的僧侣。每日黎明将晓，他们就穿着袈裟草鞋，在街巷里穿梭，手里端着木鱼滴滴笃笃地敲出低沉但雄长的声音，一来叫人省睡，珍惜光阴；二来叫人在心神最为清明的五更起来读经念佛，以求精神的净化；三来僧侣借木鱼报晓来布施化缘，得些斋衬钱。我一直觉得这种敲木鱼报佛音的事情，是中国佛教与民间生活相契的一种极好的佐证。

但是，我对于这种失传于闾巷很久的传统，却出现在台北的临沂街感到迷惑。因而每当夜里在小楼上听到木鱼敲响，我都按捺不住去一探究竟的冲动。

冬季里有一天，天空中落着无力的飘闪的小雨，我正读着一册印刷极为精美的《金刚经》，读到最后"一切有为法，如梦幻泡影，如露亦如电，应作如是观"一段，木鱼声恰好从远处的巷口传来，格外使人觉得昊天无极。我披衣坐起，撑着一把伞，决心去找木鱼声音的来处。

那木鱼敲得十分沉重着力，从满天的雨丝里穿扬开来，它敲敲停停，忽远忽近，完全不像是寺庙里读经时急落的木鱼。我追踪着声音的轨迹，匆匆穿过巷子，远远地，看到一位披着宽大布衣，戴着毡帽的小老头子，他推着一辆老旧的摊车，正摇摇摆摆地从巷子那一头走来。摊车上挂着一盏四十支光的灯泡，随着道路的颠簸，在微雨的暗道里飘摇。一直迷惑我的木鱼声，就是那位老头所敲出来的。

一走近，才知道那只不过是一个寻常卖馄饨的摊子。我问老人为什么选择了木鱼的敲奏，他的回答竟是十分简单，他说："喜欢吃我的馄饨的老顾客，一听到我的木鱼声，他们就会跑出来买馄饨了。"我不禁哑然，原来木鱼于他，就像乡下卖豆花的人摇动的铃铛，或者是卖冰水的小贩手中吸引小孩的喇叭，只是一种再也简单不过的信号。

是我自己把木鱼联想得太远了，其实它有时候仅仅是一种劳苦生活的工具。

老人也看出了我的失望，他说："先生，你吃一碗我的馄饨吧，完全是用精肉做成的，不加一点葱菜，连大饭店的厨师都爱吃我的馄饨呢。"我于是丢弃了自己对木鱼的魔障，撑着伞，站立在一座红门前，就着老人摊子上的小灯，吃了一碗馄饨。在风雨中，我品出了老人的馄饨，确是人间的美味，不下于他手中敲的木鱼。

后来，我也慢慢成为老人忠实的顾客。每天工作到凌晨，远远听到他的木鱼，就在巷口里候他，吃完一碗馄饨，才继续我未完的工作。

和老人熟了以后，才知道他选择木鱼作为馄饨的讯号有他独特的匠心。他说因为他的生意在深夜，实在想不出一种可以让远近都听闻而不至于吵醒熟睡人们的工具，而且深夜里像卖粽子的人大声叫嚷，是他觉得有失尊严而有所不为的。最后他选择了木鱼——让清醒者可以听到他的叫唤，却不至于中断了熟睡者的美梦。

木鱼总是木鱼，不管从什么角度来看它，它仍旧有它的可爱处，即使用在一个馄饨摊子上。

我吃老人的馄饨吃了一年多，直到后来迁居，才失去联系。但每当在静夜里工作，我仍时常怀念着他和他的馄饨。

老人是我们社会角落里一个平凡的人，他在临沂街一带卖了三十年馄饨，已经成为那一带夜生活里人尽皆知的人。他固然对自己亲手烹调后小心翼翼装在铁盒的馄饨很有信心，他用木鱼声传递的馄饨也成为那一带的金字招牌。木鱼对他，对吃馄饨的人来说，都是生活里的一部分。

那一天遇到老人，他还是一袭布衣、还是敲着那个敲了三十年的木鱼，可是老人已经完全忘记我了。我想，岁月在他只是云淡风轻的一串声音吧。我站在巷口，看他缓缓推走小小的摊车消失在巷子的转角，一直到很远了，我还可以听见木鱼声从黑夜的空中穿过，温暖着迟睡者的心灵。

木鱼在馄饨摊子里真是美，充满了生活的美。我离开的时候这样想着，有时读不读经都是无关紧要的事。

好雪片片

我向老人买过很多很多奖券，从未中过奖，但每次接过小红套时，我觉得那一刻已经中奖了。

在信义路上，常常会看到一位流浪的老人，即使热到摄氏三十八度的盛夏，他也穿着一件很厚的中山装，中山装里还有一件毛衣。那么厚的衣物使他肥胖笨重有如木桶。平常他就蹲坐在街角，歪着脖子，看来往的行人，也不说话，只是轻轻地摇动手里的奖券。

很少的时候，他会站起来走动。当他站起，才发现他的椅子绑在皮带上，走的时候，椅子摇过来，又摇过去。他脚上穿着一双老式的牛伯伯打游击的大皮鞋，摇摇晃晃像陆上的河马。

如果是中午过后，他就走到卖自助餐摊子的前面一站，想买一些东西来吃，摊贩看到他，通常会盛一盒便当送给他。他就把吊在臀部的椅子对准臀部，然后坐下去。吃完饭，他就地睡午觉，仍是歪着脖子，嘴巴微张。

到夜晚，他会找一块干净挡风的走廊睡觉，把椅子解下来当枕头，和衣，甜甜地睡去了。

我观察老流浪汉很久了，他全部的家当都带在身上，几乎终日不说一句话，可能他整年都不洗澡的。从他的相貌看来，应该是北方人，流落到这南方热带的街头，连最燠热的夏天都穿着家乡的厚衣。

对于街头的这位老人，大部分人都会投以厌恶与疑惑的眼光，小部分人则投以同情。

我每次经过那里，总会向老人买两张奖券，虽然我知道即使每天买两张奖券，对他也不能有什么帮助，但买奖券使我感到心安，并使同情找到站立的地方。

记得第一次向他买奖券那一幕，他的手、他的奖券、他的衣服同样的油腻污秽，他缓缓地把奖券撕下，然后在衣袋中摸索着，摸索半天掏出一个小小的红色塑胶套，这套子竟是崭新的，美艳得无法和他相配。

老人小心地把奖券装进红色塑胶套，由于手的笨拙，使这个简单动作也十分艰困。

"不用装套子了。"我说。

"不行的，讨个喜气，祝你中奖！"老人终于笑了，露出缺几颗牙的嘴，说出充满乡音的话。

他终于装好了，慎重地把红套子交给我，红套子上写着八个字："一券在手，希望无穷。"

后来我才知道，不管是谁买奖券，他总会努力地把奖券装进红套子里。慢慢我理解到了，小红套原来是老人对买他奖券的人，一种感激的表达。每次，我总是沉默耐心等待，看他把心情装进红封套，温暖四处流动着。

和老人逐渐认识后，有一年冬天黄昏，我向他买奖券，他还没有拿奖券给我，先看见我穿了单衣，最上面的两个扣子没有扣。老人说：

"你这样会冷吧！"然后，他把奖券夹在腋下，伸出那双油污的手，要来帮我扣扣子，我迟疑了一下，但没有退避。

老人花了很大的力气，才把我的扣子扣好，那时我真正感觉到人明净的善意，不管外表是怎么样的污秽，都会从心的深处涌出，在老人为我扣扣子的那一刻，我想起了自己的父亲，鼻子因而酸了。

老人依然是街头的流浪汉，把全部的家当带在身上，我依然是我，向他买着无关紧要的奖券。但在我们之间，有一些友谊，装在小红套，装在眼睛里，装在不可测的心之角落。

我向老人买过很多很多奖券，从未中过奖，但每次接过小红套时，我觉得那一刻已经中奖了，真的是"一券在手，希望无穷"。我的希望不是奖券，而是人的好本质，不会被任何境况所淹没。

我想到伟大的禅师庞蕴说的："好雪片片，不落别处！"我们生活中的好雪、明净之雪也是如此，在某时某地当下即见，美丽地落下，落下的雪花不见了，但灌溉了我们的心田。

晴窗一扇

登山界流传着一个故事，一个又美丽又哀愁的故事。

传说有一位青年登山家，有一次登山的时候，不小心跌落在冰河之中。数十年之后，他的妻子到那一带攀登，偶然在冰河里找到已经被封冻了几十年的丈夫。这位埋在冰天雪地里的青年，还保持着他年轻时代的容颜，而他的妻子因为在尘世里，已经是两鬓飞霜年华老去了。

我第一次听到这个故事时，整个胸腔都震动起来，它是那么简短，那么有力地说出了人处在时间和空间之中确实是渺小的，有许多机缘巧遇正如同在数十年后相遇在冰河的夫妻。

许多年前，有一部电影叫《失去的地平线》，那里是没有时空的，人们过着无忧无虑的快乐生活。一天，一位青年在登山时迷途了，闯入了失去的地平线，并且在那里爱上一位美丽的少女。少女向往着人间的爱情，青年也急于要带少女回到自己的家乡，两人不顾大家的反对，越过了地平线的谷口，穿过冰雪封冻的大地，历尽千辛万苦才回到人间。

不意在青年回头的那一刻，少女已经是满头银发、皱纹满布、风烛残年了。故事便在优雅的音乐和纯白的雪地中揭开了哀伤的结局。

本来，生活在失去的地平线的这对恋侣，他们的爱情是真诚的，也都有创造将来的勇气，他们为什么不能有圆满的结局呢？问题发生在时空，一个处在流动的时空，一个处在不变的时空，在他们相遇的一刹那，时空拉远，就不免跌进了哀伤的迷雾中。

最近，台北在公演白先勇小说《游园惊梦》改编的舞台剧。我少年时代几次读《游园惊梦》，只认为它是一个普通的爱情故事，年岁稍长，重读这篇小说，竟品出浓浓的无可奈何。经过了数十年的改变，它不只是一个年华逝去的妇人对风华万种的少女时代的回忆，而是对时空流转之后人力所不能为的忧伤。时空在不可抗拒的地方流动，到最后竟使得一朝春尽红颜老，花落人亡两不知。

"时间"和"空间"这两道为人生织锦的梭子，它们的穿梭来去竟如此无情。

在希腊神话里，有一座不死不老的神仙们所居住的山，山口有一道大的关卡，把守这道关卡的就是"时间之神"，它把时间的流变挡在山外，使得那些神仙可以永葆青春，可以和山和太阳和月亮一样永恒不朽。

作为凡人的我们，没有神仙一样的运气，每天抬起头来，眼睁睁地看见墙上挂钟嘀嘀嗒嗒走动匆匆的脚步。即使坐在阳台上沉思，也可以看到日升、月落、风过、星沉，从远远的天外流过。有一天，我们偶遇到少年游伴，发现他略有几根白发，而我们的心情也微近中年了。有一天，我们突然发现院子里的紫丁香花开了，可是一趟旅行回来，花瓣却落了满地。有一天，我们看到家前的旧屋被拆了，可是过不了多久，却盖起一栋崭新的大楼。有一天……我们终于察觉，时间的流逝和空间的转移是如此无情和霸道，完全没有商量的余地。

中国的民间童话里也时常描写这样的情景，有一个人在偶然的机缘下到了天上，或者游了龙宫，十几天以后他回到人间，发现人事全非，手足无措。因为"天上一日，世上一年"，他游玩了十数天，世上已过了十几年。十年的变化有多么大呢？它可以大到你回到故乡，却找不到自家的大门，认不得自己的亲人。贺知章的《回乡偶书》很能表达这种心情："少小离家老大回，乡音无改鬓毛衰；儿童相见不相识，笑问客从何处来？"数十年的离乡，甚至可以让主客易势呢！

佛家说"色相是幻，人间无常"，实在是参透了时空的真实，让我们看清一朵蓓蕾很快地盛开，而不久它又要凋落了。

《水浒传》的作者施耐庵在该书的自序里有短短的一段话："每怪人言，某甲于今若干岁。夫若干者，积而有之之谓。今其岁积在何许？可取而数之否？可见已往之吾悉已变灭。不宁如是，吾书至此句，此句以前已疾变灭，是以可痛也。"（我常对于别人说"某甲现在若干岁"感到奇怪，若干，是积起来而可以保存的意思，而现在他的岁积存在什么地方呢？可以拿出来数吗？可见以往的我已经完全改变消失。不仅是这样，我写到这一句，这一句以前的时间已经很快改变消失，这是最令人心痛的。）正是道出了一个大小说家对时空的哀痛。

古来中国的伟大小说，只要我们留心，讲的几乎全有一个深刻的时空问题：《红楼梦》的花柳繁华温柔富贵，最后也走到时空的死角；《水浒传》的英雄豪杰重义轻生，最后下场凄凉；《三国演义》的大主题是"天下大势分久必合，合久必分"；《金瓶梅》是色与相的梦幻湮灭；《镜花缘》是水中之月，镜中之花；《聊斋志异》是神鬼怪力，全是虚空；《西厢记》是情感的失散流离；《老残游记》更明显地道出了"眼看他起高楼，眼看他楼塌了"。

我们的文学作品里几乎无一例外地说出了人处在时空里的渺小，可惜没有人从这个角度深入探讨，否则一定会发现中国民间思想对时空的递变有很敏感的触觉。西方有一句谚语："你要永远快乐，只有向痛苦里去找。"正道出了时空和人生的矛盾，我们觉得快乐时，偏不能永远；留恋着不走的，永远是那令人厌烦的东西——这就是在人生边缘上不时作弄我们的时间和空间。

柏拉图写过一首两行的短诗：

你看着星吗，我的星星？

我愿为天空，得以无数的眼看你。

人可以用多么美的句子、多么美的小说来写人生，可惜我们不能是天空，不能是那永恒的星星，只有看着消逝的星星感伤的份。

有许多人回忆过去的快乐，恨不能与旧人重逢，恨不能年华停伫，事实上，却是天涯远隔，是韶光飞逝。即使真有一天与故人相会，心情也像在冰雪封冻的极地，不免被时空的箭射中而哀伤不已吧！日本近代诗人和泉式部有一首有名的短诗：

心里怀念着人，

见了泽上的萤火，

也疑是从自己身体出来的梦游的魂。

我喜欢这首诗的意境，尤其"萤火"一喻，我们怀念的人何尝不是夏夜的萤火忽明忽灭，或者在黑暗的空中一转就远去了，连自己梦游的魂也赶不上，真是对时空无情极深的感伤了。

说到时空无边无尽的无情，它到终极会把一切善恶、美丑、雅俗、正邪、优劣都涤洗干净，再有情的人也丝毫无力挽救。那么，我们是不是就因此而失望颓丧、优柔不前呢？是不是就坐等着时空的变化呢？

　　我觉得大可不必，人的生命虽然渺小短暂，但它像一扇晴窗，是由自己小的心眼里来照见大的世界。

　　一扇晴窗，在面对时空的流变时飞进来春花，就有春花；飘进来萤火，就有萤火；传进秋声，就来了秋声；侵进冬寒，就有冬寒；闯进来情爱，就有情爱；刺进来忧伤，就有忧伤。一任什么事物到了我们的晴窗，都能让我们更真切地体验生命的深味。

　　只是既然是晴窗，就要有进有出：曾拥有的幸福，在失去时窗还是晴的；曾被打击的重伤，也有能力平复。努力维持着窗的晶明，如此任时空的梭子如百鸟之翔在眼前乱飞，也能有一种自在的心情，不致心乱神迷。

　　有的人种花是为了图利，有的人种花是为了无聊。我们不要成为这样的人，要真爱花才去种花——只有用"爱"去换"时空"才不吃亏，也只有心如晴窗的人才有真正的爱，更只有爱花的人才能种出最美的花。

布履一双，清风自在。

如果将来我有什么要教给我的孩子，我会告诉他：假若你一直和时间赛跑，你就可以成功。

和时间赛跑

读小学的时候，我的外祖母去世了。外祖母生前最疼爱我。我无法排除自己的忧伤，每天在学校的操场上一圈一圈地跑着，跑得累倒在地上，扑在草坪上痛哭。

那哀痛的日子持续了很久，爸爸妈妈也不知道如何安慰我。他们知道与其欺骗我说外祖母睡着了，还不如对我说实话：外祖母永远不会回来了。

"什么是永远不会回来了呢？"我问。

"所有时间里的事物，都永远不会回来了。你的昨天过去了，它就永远变成昨天，你再也不能回到昨天了。爸爸以前和你一样小，现在再也不能回到你这么小的童年了。有一天你会长大，你也会像外祖母一样老，有一天你度过了你的所有时间，也会像外祖母永远不能回来了。"爸爸说。

爸爸等于给我说了一个谜，这个谜比"一寸光阴一寸金，寸金难买寸光阴"还让我感到可怕，比"光阴似箭，日月如梭"更让我有一种说不出的滋味。

以后，我每天放学回家，在庭院里看着太阳一寸一寸地沉进了山头，就知道一天真的过完了。虽然明天还会有新的太阳，但永远不会有今天的太阳了。

我看到鸟儿飞到天空，它们飞得很快呀。明天它们再飞过同样的路线，也永远不是今天了。或许明天飞过这条路线的，不是老鸟，而是小鸟了。

时间过得飞快，使我小心眼里不只是着急，还有悲伤。有一天我放学回家，看到太阳快落山了，就下决心说："我要比太阳更快地回家。"我狂奔回去，站在庭院里喘气的时候，看到太阳还露着半边脸，我高兴地跳起来。那一天我跑赢了太阳。以后我常做这样的游戏，有时和太阳赛跑，有时和西北风比赛，有时一个暑假的作业，我十天就做完了。那时我三年级，常把哥哥五年级的作业拿来做。每一次比赛胜过了时间，我就快乐得不知道怎么形容。

后来的二十年里，我因此受益无穷。虽然我知道人永远跑不过时间，但是可以比原来跑快一步，如果加把劲，有时可以快好几步。那几步虽然很小很小，用途却很大很大。

如果将来我有什么要教给我的孩子，我会告诉他：假若你一直和时间赛跑，你就可以成功。

无风絮自飞

在我们家乡有一句话，叫"菜瓜藤，肉豆须，分不清"，意思是丝瓜的藤蔓与肉豆的茎须一旦纠缠在一起，是无法分辨的。

因此，像兄弟分家的时候，夫妻离婚的时候，有许多细节部分是无法处理的，老一辈的人就会说："菜瓜藤与肉豆须，分不清呀！"还有，当一个人有很多亲戚朋友，社会关系异常复杂的时候，也可以用这一句。以及一个人在过程中纠缠不清，甚至看不清结局之际，也可以用这一句来形容。

住在都市的人很难理解到这九个字的奥妙，因为他们没有机会看到丝瓜与肉豆藤须缠绵的样子。乡下人谈到人事难以理清的真实情境，一提到这句话都会禁不住莞尔，因为丝瓜与肉豆在乡间是最平凡的植物，几乎家家都有种植。我幼年时代，院子的棚架下就种了许多丝瓜和肉豆，看到它们纠结错综，常常会令我惊异，真的是肉眼难辨，现在回想起来，感觉到现代人复杂难以理清的人际关系，确实像这两种植物藤蔓的纠缠，想找到丝瓜与肉豆的根与果是不难的，但要在生长的过程分辨就非常困难了。

有一次我发了笨心，想要彻底地分辨两者的不同，却把丝瓜和肉豆的茎叶都扯断了。父亲看见了觉得很好笑，就对我说："即使你能分辨这两株植物又有什么意义呢？你只要在它们的根部浇水施肥，好好地照顾让它们长大，等到丝瓜和肉豆长出来，摘下来吃就好了。丝瓜和肉豆都是种来食用的，不是种来分辨的呀！"

父亲的话给我很好的启示，在人生一切关系的对应上也是如此，一个人只要站稳脚跟，努力地向上生长，有时不免和别人纠缠，又有什么要紧呢？不忘失自己的立场与尊严，最后就会结出果实来，当果实结成的时候，一切的纠缠就不重要了。

另外一个启示就是自然，万事万物都有其自然的法则，依循这自然的发展，常常回头看看自己的脚跟，才是生命成长正常的态度。种什么样的因会结出什么样的果，是必然的，丝瓜虽与肉豆无法分辨，但丝瓜是丝瓜，肉豆是肉豆，这是永远不会变的，我们能做的就是让丝瓜长出好的丝瓜，让肉豆结出肥硕的肉豆！

丝瓜是依自然之序而生长结果，红花是这样红的，绿叶也是这样绿的，没有人能断绝自然而超越地活在世界，所以禅师说："不雨花犹落，无风絮自飞。"花与絮的飞落不必因为风雨，而是它已进入了生命的时序。

日本的道元禅师到中国习禅归国后，许多人问他学到了什么，他说："我已真正领悟到眼睛是横着长，鼻子是竖着长的道理，所以我空着手回来。"

听到的人无不大笑，但是立刻他们的笑声都冻结了，因为他们之中没有人知道为何鼻子竖着长而眼睛横着长，这使我们知道，禅心就是自然之心，没有经过人生庄严的历练，是无法领会其中真谛的呀！

桃花心木

乡下老家屋旁，有一块非常大的空地，租给人家种桃花心木的树苗。

桃花心木是一种特别的树，树形优美，高大而笔直，从前老家林场种了许多，已长成几丈高的一片树林。所以当我看到桃花心木仅及膝盖的树苗，有点儿难以相信自己的眼睛。

种桃花心木苗的是一个个子很高的人，他弯腰种树的时候，感觉就像插秧一样。

树苗种下以后，他常来浇水。奇怪的是，他来得并没有规律，有时隔三天，有时隔五天，有时十几天才来一次；浇水的量也不一定，有时浇得多，有时浇得少。

我住在乡下时，天天都会在桃花心木苗旁的小路上散步，种树苗的人偶尔会来家里喝茶。他有时早上来，有时下午来，时间也不一定。

我越来越感到奇怪。

更奇怪的是，桃花心木苗有时莫名其妙地枯萎了。所以，他来的

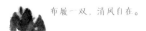

时候总会带几株树苗来补种。

我起先以为他太懒，有时隔那么久才给树浇水。

但是，懒人怎么知道有几棵树会枯萎呢？

后来我以为他太忙，才会做什么事都不按规律。但是，忙人怎么可能做事那么从从容容？

我忍不住问他：到底应该什么时间来？多久浇一次水？桃花心木为什么无缘无故会枯萎？如果你每天来浇水，桃花心木苗该不会枯萎吧？

种树的人笑了，他说："种树不是种菜或种稻子，种树是百年的基业，不像青菜几个星期就可以收成。所以，树木自己要学会在土地里找水源。我浇水只是模仿老天下雨，老天下雨是算不准的，它几天下一次？上午或下午？一次下多少？如果无法在这种不确定中汲水生长，树苗自然就枯萎了。但是，在不确定中找到水源、拼命扎根的树，长成百年的大树就不成问题了。"

种树人语重心长地说："如果我每天都来浇水，每天定时浇一定的量，树苗就会养成依赖的心，根就会浮在地表上，无法深入地下，一旦我停止浇水，树苗会枯萎得更多。幸而存活的树苗，遇到狂风暴雨，也会一吹就倒。"

种树人的一番话，使我非常感动。不只是树，人也是一样，在不确定中生活的人，能比较经得起生活的考验，会锻炼出一颗独立自主的心。在不确定中，就能学会把很少的养分转化为巨大的能量，努力生长。

现在，窗前的桃花心木苗已经长得与屋顶一般高，是那么优雅自在，显示出勃勃生机。

种树的人不再来了，桃花心木也不会枯萎了。

心是一切温柔的起点。当我们心怀柔软的那一刻，才能斩断过去的忧愁和未来的恐惧，得到真正的自由。

你心柔软，
却有力量。

生活中美好的鱼

作为平凡人的喜乐，就是每天在平淡的生活里找到一些智慧的鱼，时时在凡俗的日子捞起一些美好的鱼。

在金门的古董店里，我买到了一个精美的大铜环和一些朴素的陶制的坠子。

这是我从未见过的东西，使我感到疑惑。

古董店的老板告诉我，那是从前渔民网鱼的用具，陶制的坠子一粒一粒绑在渔网底部，以便下网的时候，渔网可以迅速垂入海中。

大铜环则是网眼，就像衣服的领子一样，只要抓住铜环提起来，整个渔网就提起来了，一条鱼也跑不掉。

夜里我住在梧江招待所，听见庭院里饱满的松果落下来的声音，就走到院子里去捡松果。秋天的金门，夜凉如水，空气清凉有薄荷的味道，星星月亮一如水晶，我突然想起韦应物的一首诗《秋夜寄邱员外》：

怀君属秋夜，

散步咏凉天。

空山松子落，

幽人应未眠。

　　想到诗人在秋天的夜晚，散步于薄荷一样凉的院子里，听见空山里松子落下的声音，想到那幽静的人应该与我一样在夜色中散步，还没有睡着吧！忽然感觉韦应物的这首诗不是寄给邱员外，而是飞过千里、穿越时间，寄来给我的吧！

　　回到房中，我把拾来的松果放在那铜环与陶坠旁边，觉得诗人的心与我的心十分接近。诗人、文学家、艺术家，乃至一切美的创造者，正是心里有铜环和陶坠的人。在茫茫的生命大海中，心灵的鱼在其中游来游去，一般人由于水深海阔看不见美好的鱼，或者由于粗心轻忽，鱼就游走了。

　　有美好心灵、细腻生活的人，则是把陶坠于深深沉入海中，由于铜环在手，波浪的涌动和鱼的游动都能了然于心，垂丝千尺，意在深潭，捕捉到那飘忽不定的思想的鱼、观点的鱼。

　　作为平凡人的喜乐，就是每天在平淡的生活里找到一些智慧的鱼，时时在凡俗的日子捞起一些美好的鱼。

　　让那些充满欲望与企图的人，倾其一生去追求伟大与成功吧！

　　让我们擦亮生命的铜环和生活的陶坠，每天有一点甜美、一点幸福的感情，就很好了。

　　夜里散散步，捡拾落下的松果，思念远方的朋友，回想生命的种种美好经验，这平淡无奇的生活，自有一种清明、深刻和远大呀！

清欢

当一个人可以品味出野菜的清香胜过了山珍海味，或者一个人在路边的石头里看出比钻石更引人的滋味，或者一个人听林间鸟鸣的声音感受到比提笼遛鸟更感动，或者体会了静静品一壶乌龙茶比起在喧闹的晚宴中更能清洗心灵……这些就是「清欢」。

少年时代读到苏轼的一阕词，非常喜欢，到现在还能背诵：

> 细雨斜风作晓寒，
> 淡烟疏柳媚晴滩，
> 入淮清洛渐漫漫。
> 雪沫乳花浮午盏，
> 蓼茸蒿笋试春盘，
> 人间有味是清欢。

这阕词，苏东坡在旁边写着"元丰七年十二月二十四日，从泗州刘倩叔游南山"，原来是苏轼和朋友到郊外去玩，在南山里喝了浮着雪沫乳花的淡茶，配着春日山野里的蓼菜、茼蒿、新笋，以及野草的嫩芽等等，然后自己赞叹着："人间有味是清欢！"

　　当时所以能深记这阕词，最主要的是爱极了后面这一句，因为试吃野菜的这种平凡的清欢，才使人间更有滋味。"清欢"是什么呢？清欢几乎是难以翻译的，可以说是"清淡的欢愉"，这种清淡的欢愉不是来自别处，正是来自对平静疏淡简朴生活的一种热爱。当一个人可以品味出野菜的清香胜过了山珍海味，或者一个人在路边的石头里看出比钻石更引人的滋味，或者一个人听林间鸟鸣的声音感受到比提笼遛鸟更感动，或者体会了静静品一壶乌龙茶比起在喧闹的晚宴中更能清洗心灵……这些就是"清欢"。

　　清欢之所以好，是因为它对生活的无求，是它不讲求物质的条件，只讲究心灵的品味。"清欢"的境界很高，它不同于李白的"人生在世不称意，明朝散发弄扁舟"那样的自我放逐；或者"人生得意须尽欢，莫使金樽空对月"那种尽情的欢乐。它也不同于杜甫的"人生有情泪沾臆，江水江花岂终极"这样悲痛的心事；或者"人生不相见，动如参与商；今夕复何夕，共此灯烛光"那种无奈的感叹。

　　活在这个世界上，有千百种人生。文天祥的是"人生自古谁无死，留取丹心照汗青"，我们很容易体会到他的壮怀激烈。欧阳修的是"人生自是有情痴，此恨不关风与月"，我们很能体会到他的绵绵情恨。纳兰性德的是"人到情多情转薄，而今真个不多情"，我们也不难会意到他无奈的哀伤。甚至于像王国维的"人生只似风前絮，欢也零星，悲也零星，都作连江点点萍！"那种对人生无常所发出的刻骨的感触，也依然能够知悉。

　　可是"清欢"就很难了！

　　尤其是生活在现代的人，差不多是没有清欢的。

　　什么样是清欢呢？我们想在路边好好地散个步，可是人声车声不断地呼吼而过，一天里，几乎没有纯然安静的一刻。

我们到馆子里，想要吃一些清淡的小菜，几乎是杳不可得，过多的油、过多的酱、过多的盐和味精已经成为中国菜最大的特色，有时害怕了那样的油腻，特别嘱咐厨子白煮一个菜，菜端出来时让人吓一跳，因为菜上挤的沙拉比菜还多。

有时没有什么事，心情上只适合和朋友啜一盅茶、饮一杯咖啡，可惜的是，心情也有了，朋友也有了，就是找不到地方，有茶有咖啡的地方总是嘈杂的。

俗世里没有清欢了，那么到山里去吧！到海边去吧！但是，山边和海湄也不纯净了，凡是人的足迹可以到的地方，就有了垃圾，就有了臭秽，就有了吵闹！

有几个地方我以前常去的，像阳明山的白云山庄，叫一壶兰花茶，俯望着台北盆地里堆叠着的高楼与人欲，自己饮着茶，可以品到茶中有清欢。像在北投和阳明山间的山路边有一个小湖，湖畔有小贩卖功夫茶，小小的茶几、藤制的躺椅，独自开车去，走过石板的小路，叫一壶茶，在躺椅上静静地靠着，有时湖中的荷花开了，真是惊艳一山的沉默。有一次和朋友去，两人在躺椅上静静喝茶，一下午竟说不到几句话，那时我想，这大概是"人间有味是清欢"了。

现在这两个地方也不能去了，去了只有伤心。湖里的不是荷花了，是飘荡着的汽水罐子，池畔也无法静静躺着，因为人比草多，石板也被踏损了。到假日的时候，走路都很难不和别人推挤，更别说坐下来喝口茶，如果运气更坏，会遇到呼啸而过的飞车党，还有带着伴唱机来跳舞的青年，那时所有的感官全部电路走火，不要说清欢，连欢也不剩了。

要找清欢，就一日比一日更困难了。

我当学生的时候，有一位朋友住在中和圆通寺的山下，我常常坐着颠踬的公交车去找她，两个人便沿着上山的石阶，漫无速度的，走走、坐坐、停停、看看，那时圆通寺山道石阶的两旁，杂乱地长着朱槿花，我们一路走，顺手掐下一朵熟透的朱槿花，吸着花朵底部的花露，其甜如蜜，而清香胜蜜，轻轻地含着一朵花的滋味，心里遂有一种只有春天才会有的欢愉。

圆通寺是一座全由坚固的石头砌成的寺院，那些黑而坚强的石头坐在山里仿佛一座不朽的城堡，绿树掩映，清风徐徐，我们站在用石板铺成的前院里，看着正在生长的小市镇，那时的寺院是澄明而安静的，让人感觉走了那样高的山路，能在那平台上看着远方，就是人生里的清欢了。

后来，朋友嫁人，到国外去了。我去了一趟圆通寺，山道已经开辟出来，车子可以环山而上，小山路已经很少人走，就在寺院的门口摆着满满的摊贩，有一摊是儿童乘坐的机器马。叽里咕噜的童歌震撼半山，有两摊是打香肠的摊子，烤烘香肠的白烟正往那古寺的大佛飘去，有一位母亲因为不准孩子吃香肠而揍打着两个孩子，激烈的哭声尖亢而急促……我连圆通寺的寺门都没有进去，就沉默地转身离开，山还是原来的山，寺还是原来的寺，为什么感觉完全不同了，失去了什么吗？失去的正是清欢。

下山时的心情是不堪的，想到星散的朋友，心情也不是悲伤，只是惆怅，浮起的是一阕词和一首诗，词是李煜的："高楼谁与上？长记秋晴望。往事已成空，还如一梦中！"诗是李觏的："人言落日是天涯，望极天涯不见家；已恨碧山相阻隔，碧山还被暮云遮！"那时正是黄昏，在都市烟尘蒙蔽了的落日中，真的看到了一种悲剧似的橙色。

我二十岁时心情很坏的时候，就跑到青年公园对面的骑马场去骑马，那些马虽然因驯服而动作缓慢，却都年轻高大，有着光滑的毛色。

双腿用力一夹，它也会如箭一般呼噜向前蹿去，急忙的风声就从两耳掠过，我最记得的是马跑的时候，迅速移动着的草的青色，青茸茸的，仿佛饱含生命的汁液，跑了几圈下来，一切恶的心情也就在风中、在绿草里、在马的呼啸中消散了。

尤其是冬日的早晨，勒着缰绳，马就立在当地，踢踏在长腿，鼻孔中冒着一缕缕的白气，那些气可以久久不散，当马的气息在空气中消弭的时候，人也好像得到某些舒放了。

骑完马，到青年公园去散步，走到成行的树荫下，冷而强悍的空气在林间流荡着，可以放纵地、深深地呼吸，品味着空气里所含的元素，那元素不是别的，正是清欢。

最近有一天，突然想到了骑马，已经有十几年没骑了。到青年公园的骑马场时差一点吓昏，原来偌大的马场里已经没有一根草了，一根草也没有的马场大概只有台湾才有，马跑起来的时候，灰尘滚滚，弥漫在空气里的尽是令人窒息的黄土，蒙蔽了人的眼睛。马也老了，毛色斑驳而失去光泽。

最可怕的是，不知道什么时候在马场搭了一个塑料棚子，铺了水泥地，其丑无比，里面则摆满了机器的小马，让人骑用，其吵无比。为什么为了些微的小利，而牺牲了这个马场呢？

马会老是我知道的事，人会转变是我知道的事，而在有真马的地方放机器马，在马跑的地方没有一株草，则是我不能理解的事。

就在马场对面的青年公园，那里已经不能说是公园了，人比西门町还拥挤吵闹，空气比咖啡馆还坏，树也萎了，草也黄了，阳光也不灿烂了。我从公园穿越过去，想到少年时代的这个公园，心痛如绞，别说清欢了，简直像极了佛经所说的"五浊恶世"！

生在这个年代，为何"清欢"如此难觅？眼要清欢，找不到青山绿水；

耳要清欢，找不到宁静和谐；鼻要清欢，找不到干净空气；舌要清欢，找不到蓼茸蒿笋；身要清欢，找不到清凉净土；意要清欢，找不到智慧明心。如果你要享受清欢，唯一的方法是守在自己小小的天地，洗涤自己的心灵，因为在我们拥有愈多的物质世界，我们的清淡的欢愉就日渐失去了。

现代人的欢乐，是到油烟爆起、卫生堪虑的啤酒屋去吃炒蟋蟀；是到黑天暗地、不见天日的卡拉 OK 去乱唱一气；是到乡村野店、胡乱搭成的土鸡山庄去豪饮一番；以及到狭小的房间里做方城之戏，永远重复着摸牌的一个动作……这些污浊的放逸的生活以为是欢乐，想起来毋宁是可悲的。为什么现代人不能过清欢的生活，反而以浊为欢，以清为苦呢？

当一个人以浊为欢的时候，就很难体会到生命清明的滋味，而在欢乐已尽、浊心再起的时候，人间就愈来愈无味了。

这使我想起东坡的另一首诗来：

梨花淡白柳深青，

柳絮飞时花满城；

惆怅东栏一株雪，

人生看得几清明？

苏轼凭着东栏看着栏杆外的梨花，满城都飞着柳絮时，梨花也开了遍地。东栏的那株梨花却从深青的柳树间伸了出来，仿佛雪一样的清丽，有一种惆怅之美，但是人生看这么清明可喜的梨花能有几回呢？这正是千古风流人物的性情，这正是清朝大画家盛大士在《溪山卧游录》中说的："凡人多熟一分世故，即多一分机智。多一分机智，即少却一分高雅。""'山中何所有？岭上多白云。只可自怡悦，不堪持赠君。'自是第一流人物。"

第一流人物是什么人物？

第一流人物是在清欢里也能体会人间有味的人物！

第一流人物是在污浊滔滔的人间，也能找到清欢的滋味的人物！

让锦瑟发声，让飞花落下，
让春蚕吐丝，让蜡烛流泪，
让时光的河流轻轻流过一
些生命里伤心的渡口吧！
我们的船还要前航。

伤心渡口

一朵花

在晨光中

坦然开放

是多么从容！

在无风的午后

静静凋落

是多么的镇定！

从盛放到凋谢

都一样温柔轻巧！

春天的午后，阳光晴好，我在书房里喝茶，看着远方阳光落在山林变化的颜色。

有一位年轻的朋友来访，开门的时候我吃了一惊，她原来娟好清朗的脸上，好像春天的花园突被狂风扫过，花朵落了一地那样萧索狼藉。

我们对坐着，一句话还没有说，她已经泪流满面了，面对这样的情况我除了陪着心酸，总说不出什么话。在抬眼的时候，想起许多许多年前一个午后，我去看一个朋友，也是未语泪先流的相同画面。

有时候，在别人的面影里我们会深刻地看见自己，那时，就会勾起我们久已隐忍的哀伤。

这几年，我的感受似乎有点不同了，当我看到人因为情感受创而落泪的时候，使我在心酸里有一种幽微的欣慰，想到在这冷漠无情的社会，每天耳闻的都是物质与感官的波澜，能听到有人为爱情而哭，在某一个层面，真是好事。

这样想，听到悲哀的事，也不会在情绪上像少年时代那样容易波动了。

我和年轻朋友默默地，对饮着我从屏东海岸带回来的"港口茶"，"港口茶"是很奇特的一种茶，它入口的时候又浓又苦，在喝第一杯的时候几乎很难去品味它，要喝了两三杯之后，才感觉到它有一种奥妙的舌香与喉韵，好像乐团里的男低音，或者是萨克斯风，微微地在胸腔中流动，那时才知道，这在南方边地平凡的茶，有着玄远素朴的魅力。

喝到苦处，才逐渐清凉

我和朋友谈起，在二十岁的时候，我就喜欢喝茶，那时喜欢茉莉香片或菊花茶，因为看到花在茶杯中伸展，使我有着浪漫的联想。那时如果遇到了"港口茶"，大概是一口也喝不下去。

后来，我喜欢普洱，那是因为喜欢广东茶楼里那种价廉而热闹的情调，普洱又是最耐泡的，从浓黑一直喝到淡薄，总能泡十几回。

前些年，我开始爱喝乌龙，乌龙的水色是其他的茶所不及的，它是金黄里还带一点蜜绿，香味也格外芳醇，特别是产在高山的冻顶乌龙、白毫乌龙、金萱乌龙，好像含蕴了山林里的云雾之气，使我觉得人间里产了这样美好的茶，怪不得释迦牟尼佛说娑婆世界也是净土了。

住在乡下的时候，我喜欢"碧螺春"和"荔枝红"，前者是淡泊中有幽远的气息，后者好像血一样，有着红尘中的凡思；前者是我最喜欢的绿茶，后者是我最喜爱的红茶。

近两年来，我常常喝生产在坪林山上的"文山包种"和沿着屏东海岸种植的"港口茶"，这两种茶都有一种"苦尽"之感，要品了几杯以后，滋味才缓缓地发散出来。最特别的是，它们有一种在沧桑苦难中冶炼过的风味，使我们喝到苦处，才逐渐的清凉。

这有一点像是人生心情中的变化，朋友边喝"港口茶"，边听我谈起喝茶的感受，她的泪逐渐止住了，看着褪色的茶汤，问说："那么，你的结论是什么？"

"我没有结论！"我说，"对于情感、喝茶、人生等等，没有结论正是我的结论！"

那就像许多会喝茶的人都告诉我们，喝茶的方法、技巧、思想，及至于茶中的禅思等等。可是别人不能代我们喝茶，而喝茶到最后还原到一个单纯的动作，就是把水烧开，冲出茶汤，喝下去！

许多曾受过情感折磨的人，他们有许多经验、方法，乃至智慧，告诉我们应该如何对待感情的失落。可是他们不能代我们受折磨，失恋到最后只还原到一个单纯的动作，就是让事情过去，自己独饮生命的苦水，并品出它的滋味！

这苦瓜竟然没有变甜！

我很喜欢一则关于苦瓜的故事：

有一群弟子要出去朝圣。

师父拿出一个苦瓜，对弟子们说："随身带着这个苦瓜，记得把它浸泡在每一条你们经过的圣河，并且把它带进你们所朝拜的圣殿，放在圣桌上供养，并朝拜它。"

弟子朝圣走过许多圣河圣殿，并依照师父的教言去做。

回来以后，他们把苦瓜交给师父，师父叫他们把苦瓜煮熟，当作晚餐。

晚餐的时候，师父吃了一口，然后语重心长地说："奇怪呀！泡过这么多圣水，进过这么多圣殿，这苦瓜竟然没有变甜。"

这真是一个动人的教化，苦瓜的本质是苦的，不会因圣水圣殿而改变，情爱是苦的，由情爱产生的生命本质也是苦的，这一点即使是修行者也不可能改变，何况是凡夫俗子！意思是，我们尝过情感与生命的大苦的人，并不能告诉别人失恋是该欢喜的事，因为它就是那么苦，这一层次是永不会变的，可是不吃苦瓜的人，永远不会知道苦瓜是苦的。"现在，你煮熟了这苦瓜，当你吃的时候，你终于知道是苦的了，但第一口苦，第二、第三口就不会那么苦了！"当我说完了故事，这样告诉朋友。

她苦笑着，好像正在品尝那个洗过圣水、进过圣殿的苦瓜的味道。

"当我们失恋的时候，如果有人告诉我们，生命里有比失恋更苦难的承受，我们真的很难相信，就像鱼缸的鱼不能想象海上的狂涛一样。

等到我们经验了更多的沧桑巨变，再回来一看，失恋，真的没有什么。"我说。

朋友用犹带着红丝与水意的眼睛看着我，眼里有茫然的神色，对一位正落入陷阱的人，她是不太能相信世界上还有更大的陷阱，因为在情感的陷阱底部，有着燃烧的火焰、严寒的冰刀、刺脚的长针，已经是够令人心神俱碎了。

"我再说一个故事给你听吧！"我只好说。

失恋，至少值得回味

有一个人去求助一位大师说："师父，请救救我，我快疯了，我的太太、孩子、亲戚全住在同一个房间，整天都在争吵吼叫谩骂，我的家简直是一座地狱，我快崩溃了，师父，请你拯救我。"

大师说："我可以救你，不过你得先答应，不论我要求你做什么，你都切实地做到！"

那形容憔悴的人说："我发誓，我一定做到！"

大师说："好！你家里养了多少牲畜？"

"一头牛、一只羊，还有六只鸡。"那人说。

"很好，把它们全部带入你的屋内，然后一星期后再来见我。"

那人听了，心惊胆战，但他发过誓听从师父的话，所以就把牲畜全部带进房子。

一星期后，他容貌完全枯槁，跑来见大师，用呻吟的声音说："一片肮脏、恶臭、吵闹、混乱，不只我不成人形，屋里的人也都快疯了。大师，现在怎么办？"

"回去吧！现在回去把牲畜都赶出去，明天再来见我。"大师说。

/103/

那人飞快地奔回家去。

第二天，当他回来见大师时，眼中充满了喜悦的光芒，欢喜地对大师说："呀！所有的牲畜都赶出去了，家里简直像个天堂，安静、清爽、干净，又充满了温馨，生活是多么的美好呀！"

朋友听了这个故事，微微地笑了。

我们在生命过程中所遇到的挫折，使我们觉得自己是全世界最苦的人，那是因为我们还没有经验过更巨大的苦难，也因为我们不知道世上的别人，有许多正拖着千斤重的脚，在走过火热水深、断崖鸿沟。

失恋，真是人生的苦难里最易于跨越的，它几乎是人生的必然。

在生命里，有很多历程除了苦痛，没有别的感受。失恋，至少还值得回味、至少有凄凉之美、至少还令我们验证到情感的真实与虚幻。

"有很多事，只是苦，没有别的。与那些事比起来，失恋的真是天堂了！"我加重语气地说。

我们聊着聊着，天就黑了，朋友要告辞，我送她一罐"港口茶"，她的表情已经平静很多了。

我说："好好地品味这'港口茶'吧！仔细地观照它，看看到最苦的时候会怎么样？"

我们的船还要继续前航

朋友走了以后，我独自坐着饮茶，看着被夜色染乌的天空，几粒微星，点点缀在天际，心中不免寒凉，想到人间里情爱无常的折磨，从有星星的时候，人就开始了在情感挣扎的历程，而即使世界粉碎成为微尘，人仍然要在情爱里走过漫漫长夜、哭过茫茫的旷野。

我想到几天前刚读过杜牧与李商隐的诗，都是我最喜欢的唐朝诗人，他们对失恋心情的描写，那样的细致缠绵，犹如黑夜旷野中闪烁的泪，令人心碎。

我就选了几首，抄在纸上，准备寄给我的朋友：

落花（李商隐）

高阁客竟去，小园花乱飞。

参差连曲陌，迢递送斜晖。

肠断未忍扫，眼穿仍欲归。

芳心向春尽，所得是沾衣。

锦瑟（李商隐）

锦瑟无端五十弦，一弦一柱思华年。

庄生晓梦迷蝴蝶，望帝春心托杜鹃。

沧海月明珠有泪，蓝田日暖玉生烟。

此情可待成追忆，只是当时已惘然。

无题（李商隐）

飒飒东风细雨来，芙蓉塘外有轻雷。

金蟾啮锁烧香入，玉虎牵丝汲井回。

贾氏窥帘韩掾少，宓妃留枕魏王才。

春心莫共花争发，一寸相思一寸灰。

无题（李商隐）

相见时难别亦难，东风无力百花残。

春蚕到死丝方尽，蜡炬成灰泪始干。

晓镜但愁云鬓改，夜吟应觉月光寒。

蓬莱此去无多路，青鸟殷勤为探看。

赠别（杜牧）

多情却似总无情，唯觉尊前笑不成。

蜡烛有心还惜别，替人垂泪到天明。

金谷园（杜牧）

繁华事散逐香尘，流水无情草自春。

日暮东风怨啼鸟，落花犹似坠楼人。

秋夕（杜牧）

银烛秋光冷画屏，轻罗小扇扑流萤。

天阶夜色凉如水，坐看牵牛织女星。

我少年时代时常吟诵这些诗句，当时有着十分浪漫美丽的怀想，觉得能有深刻的情爱，实在是一种福分。近来重读，颇感到人生的凄凉，才仿佛接近了诗人那冰心玉壶一样的心情，看到飞舞的落花为之肠断，听见琵琶流动的声音不禁惘然，东风吹来感到相思如灰一寸一寸冷去，夜里的蜡烛仿佛替代我们垂泪，像春天的蚕子永不停止地缠绵吐丝，到死方休！

而那园里落下来的花，就好像我们从楼头坠下，心肝为之碎裂！

秋天看着遥遥相隔的牵牛星与织女星，是那样的冷，是永远不可能相会了！

情感的挫折与苦难是生命必然的悲情，可是谁想过：

落花飞舞之后，春天的新芽就要抽出！

蜡烛烧尽的时候，黎明的天光就要掀起！

春蚕吐丝自缚的终极，是一只蛾的重生！

我们在这个世界上，有如一片叶子抽出、一朵花开放、一棵树生长，是一种自然的时序，春日的繁华、夏季的喧闹、秋野的庄严、冬天的肃杀，都轮流让我们经验着，以便生发我们的智慧。

来吧！让我们在最苦的时候，更深刻地回观我们的心灵世界，我们至少知道"港口茶"苦的滋味，我们一眼就能看见星星，这就多么值得感恩。

让锦瑟发声，让飞花落下，让春蚕吐丝，让蜡烛流泪，让时光的河流轻轻流过一些生命里伤心的渡口吧！

我们的船还要前航，扯起逆风的帆，在山水之间听杜鹃鸟伤心的啼声，听久了，那啼声不觉也有超越的飞扬的尾音。

去做人间雨

不论多么大的树，都是来自一颗小小的种子，来自一尖细细的芽苗，长成大树的人不该忘记天下人都是大树的种子与芽苗，因此誓愿以阴凉的树荫，来使天下人得以安和地生活。

有一天晚上，马祖道一禅师带着百丈怀海、西堂智藏、南泉普愿三个得意弟子去赏月，马祖说："这样美的月色，做什么最好？"

西堂智藏说："正好供养。"

百丈怀海说："最好修行。"

南泉普愿一句话也没说，拂袖便去。

马祖说："经入藏，禅归海，唯有普愿独超然于物外。"（智藏对经典可以深入，怀海会在禅法有成就，只有普愿独自超然于物外。）

我很喜欢这个禅宗的故事，在美丽的月色下，供养而使心性谦和，修行提升心灵清净都是非常好的，可是好好地赏月，不发一语，则使人超然于物象之外，心性自然谦和，心灵也在无心中明净了。

因为天上固然有明月皎然，心里何尝没有月光的温柔呢？这是为什么寒山子说"吾心似秋月，碧潭清皎洁"的缘故，也是禅师以手指月，指的并不只是天上之月，也是心里的秋月。心思短促的人，看见的是指月的手指；心思朗然的人，越过了手指而看见天边的明月；心思无碍的人，则不仅见月见指，心里的光明也就遍照了。

僧肇大师曾写过一首动人的诗偈：

旋岚偃岳而常静，

江河竞注而不流；

野马飘鼓而不动，

日月历天而不周。

一个人的心如果能常静、不流、不动、不周，就可以观照到，虽然外在世界迁流不息，却有它不迁流的一面。一个人如果心中长有明月，就知道月亮虽然阴晴圆缺，其实月的本身是没有变化的。

更高远心灵的道之追求，是要使我们能像天上的云一样自由无住，无心出岫，长空不碍，但是当化成一朵云的时候，是不是也会俯视人间的现实呢？

现实的人间会有一些污泥、一些考验、一些残缺、一些苦痛、一些不堪忍受的事物，此所以把现实人间称为"滚滚红尘"，滚滚有两层意思，一是像飞沙走石，遮掩了人的清明眼目；二是像柴火炽烈，燃烧着我们脆弱的生命。每一次我想到作家三毛的最后一部作品叫《滚滚红尘》，写完后投缳自尽，就思及红尘里的灰沙与柴火，真是不堪忍受的。

灰沙与柴火都还是小的，真实的"滚滚"有如汪洋中的波涛，人则渺茫像浪里的浮沫，道元禅师说："是鸳鸯呢，还是海鸥？我看不清楚，它们都在波浪间浮沉。"不管是美丽如鸳鸯，或善翔像海鸥，都不能飞出浮沉的波浪，人何能独独站立于波涛之外呢？

云，是很美、很好、很优雅、很超然的，但云在世间也不是独立的存在，它可能是人间的烟尘所凝结，它一遇到冷峰，也可能随即融为尘世的泪水。

因此，道的追求不是独存于世间之外，悟道者当然也不是非人，而是他体会了更高的心灵视界罢了，这更高的心灵，使他不能坐视悲苦的人间，也使他不离于有情。这是一种纯净的诗情，王维有一首《文杏馆》很能表达这种诗情：

> 文杏裁为梁，
> 香茅结为宇。
> 不知栋里云，
> 去作人间雨。

迈向诗心与道情的人，是以高洁的文杏做成梁柱，以芳香的茅草盖成屋宇，虽然居住于自然与美之中，心里却有问世的意念，想到在栋梁间飘忽的白云，不知道是不是也和自己一样，要去化作造福人间的雨呢？

要去化雨的白云，是体知了燥热的人间需要滋润与清凉的雨，要去问世的高士，虽住于杏树香草做成的房屋，已无名利之念，但想到滚滚红尘，心有不忍。

道心与诗心因此都不离开有情，不是不能离开，而是不愿离开，试想蓝天里如果没有云彩与晚霞，该是多么寂寞。

智者，只是清明；觉者，只是超越；大悲者，只是广大。他们并不是用皮肉另塑一个自我，而是以活生生的血肉作人的圆满、作心的清明、作环境里的灯火。

　　《临济录》里讲到临济义玄禅师开悟以后，时常在寺院后面栽植松树，他的师父黄檗希运问他说："深山里已经有这么多树了，你为什么还要种树呢？"

　　临济说："一是为了寺院的景色；二是为后人做标榜。"

　　所以他的师兄睦州对师父说："临济将来经过锻炼，定能成一棵大树，与天下人作阴凉。"

　　不论多么大的树，都是来自一颗小小的种子，来自一尖细细的芽苗，长成大树的人不该忘记天下人都是大树的种子与芽苗，因此誓愿以阴凉的树荫，来使天下人得以安和地生活。

　　出世的修行，是多么令人向往呀！但是"微风吹幽松，近听声愈好"，如果没有化作人间雨的立志，那么就会像一朵云，飘向不可知的远方了。

一朝

从落花而知大地有情，这是体会；从葬花而知无常苦空，这是觉悟；从觉悟中知道方法了不可得，应该善自珍摄，不要空来人间一回。这就是最初步的菩提了。

　　十二岁的时候，第一次读《红楼梦》似懂非懂，读到林黛玉葬花的那一段，以及她的《葬花词》，里面有这样几句：

　　　　尔今死去侬收葬，未卜侬身何日丧？
　　　　侬今葬花人笑痴，他年葬侬知是谁？
　　　　试看春残花渐落，便是红颜老死时。
　　　　一朝春尽红颜老，花落人亡两不知！

　　那是我第一次感受到落花也会令人忧伤，而人对落花也像待人一样，有深刻的情感。那时当然不知道林黛玉的自伤之情胜过于花朵的对待，但当时也起了一点疑情，觉得林黛玉未免小题大做，花落了就是落了，有什么值得那样感伤，少年的我正是"侬今葬花人笑痴"那个笑她的人。

　　我会感到葬花好笑是有背景的，那时候父亲为了增加家用，在田里种了一亩玫瑰，因为农会的人告诉他，一定有那么一天，一朵玫瑰的价钱可以抵上一斤米。可惜父亲一直没有赶上一朵玫瑰一斤米的好时机，二十几年前的台湾乡下，根本不会有人神经到去买玫瑰来插。父亲的玫瑰是种得不错，却完全滞销，弄到最后懒得去采收了，一时也想不出改种什么，玫瑰田就荒置在那里。

　　我们时常跑到玫瑰田去玩，每天玫瑰花瓣，黄的、红的、白的落了一地，用竹扫把一扫就是一畚箕。到后来大家都把扫玫瑰田当成苦差事，扫好之后顺手倒入田边的旗尾溪，千红万紫的玫瑰花瓣霎时铺满河面，往下游流去，偶尔我也能感受到玫瑰飘逝的忧伤之美，却绝对不会痴到去葬花。

　　不只玫瑰是大片大片地落，在我们山上，春天到秋天，坡上都盛开着野百合、野姜花、月桃花、美人蕉，有时连相思树上都是一片白茫茫，风吹来了，花就不可计数地纷飞起来。山上的孩子看见落花流水，想的都是节气的改变，有时候压根儿不会想到花，更别说为花伤情了。

　　只有一次为花伤心的经验，是有一年父亲种的竹子突然有十几丛开花了，竹子花真漂亮，细致的、金黄色的，像满天星那样怒放出来。父亲告诉我们，竹子一开花就是寿限到了，花朵盛放之后，就会干枯，死去。而且通常同一母株育种的竹子会同时开花，母亲和孩子会同时结束生命。那时我每到竹林里看极美丽绝尘不可逼视的竹子花就会伤心一次，到竹子枯死的那一阵子，总会无端地落下泪来，不过，在父亲插下新枝后，我的伤心也就一扫而空了。

　　多几次感受到竹子开花这样的经验，就比较知道林黛玉不是神经，只是感受比常人敏锐罢了，也慢慢能感受到"昨宵庭外悲歌发，知是花魂与鸟魂？花魂鸟魂总难留，鸟自无言花自羞。愿侬此日生双翼，随花飞到天尽头。天尽头，何处有香丘？未若锦囊收艳骨，一抔净土掩风流，质本洁来还洁去，不教污淖陷渠沟"那种借物抒情，反观自己的情怀。

长大一点，我更知道了连花草树木都与人有情感、有因缘，为花草树木伤春悲秋，欢喜或忧伤是极自然的事，能在欢喜或悲伤时，对境有所体会观照，正是一种觉悟。

最近又重读了《红楼梦》，就体会到花草原是法身之内，一朵花的兴谢与一个人的成功失败并没有两样。人如果不能回到自我，做更高智慧之追求，使自己明净而了知自然的变迁，有一天也会像一朵花一样在无知中凋谢了。

同时，看一片花瓣的飘落，可以让我们更深地感知无常，正如贾宝玉在山坡上听见黛玉的葬花诗"不觉恸倒山坡上，怀里兜的落花撒了一地"。那是他想到黛玉的花容月貌终有无可寻觅之时，又推想到宝钗、香菱、袭人亦会有无可寻觅之时，当这些人都无可寻觅，自己又安在呢？自身既不知何在何往，将来斯处、斯园、斯花、斯柳，又不知当属谁姓！

看看这种无常感，怎么能不恸倒在山坡上？我觉得，整部《红楼梦》就在表达"人生如梦"四字，这是一种无可如何的无常，只是借黛玉葬花来说，使我们看到了无常的焦点。《红楼梦》还有一支曲子，我非常喜欢，说的正是无常：

> 为官的，家业凋零；富贵的，金银散尽；有恩的，死里逃生；无情的，分明报应。欠命的，命已还；欠泪的，泪已尽；冤冤相报自非轻，分离聚合皆前定，欲知命短问前生，老来富贵也真侥幸。看破的，遁入空门；痴迷的，枉送了性命；好

一似食尽鸟投林，落了片白茫茫大地真干净。

从落花而知大地有情，这是体会；从葬花而知无常苦空，这是觉悟；从觉悟中知道万法了不可得，应该善自珍摄，不要空来人间一回。这就是最初步的菩提了。读《红楼梦》不也能使我们理解到青原惟信禅师说的"三十年前见山是山，见水是水。及后亲见亲知，有个入处，见山不是山，见水不是水。如今得个休歇处，依旧见山只是山，见水只是水"的过程吗？

相传从前有一位老僧，经卷案头摆了一部《红楼梦》，一位居士去拜见他，感到十分惊异问他："和尚也喜欢这个？"

老僧从容地说："老僧凭此入道。"

这虽是传说，但也不无道理，能悟道的，黄花翠竹、吃饭睡觉、瓦罐瓶杓都会悟道了，何况是《红楼梦》！

虽然《红楼梦》和"悟道"没有必然关系，但只要时时保有菩提之心，保有反观的觉性，就能看出在言情之外言志的那一部分，也可以看到隐在小儿女情意背后那广大的空间。

知悉了大地有情、觉悟了无常苦空、体会了山水的真实、保有了清明的菩提，我们如何继续前行呢？正是"一朝春尽红颜老"的那个"一朝"，是"万古长空，一朝风月"的"一朝"，是知道"放弃今日就没有来日，不惜今生就没有来生"！是"此身不向今生度，更待何生度此身"！是"当下即是"！是"人圆即佛成"！

那么就在每一个"一朝"中保有菩提，心田常开智慧之花，否则，像竹子一样要等到临终才知道盛放，就来不及了。

让我永远做一个为众生奉
茶供水，在热恼中得到清
凉的人。

家家有明月清风

　　到台北近郊登山，在陡峭的石阶中途，看见一个不锈钢桶放在石头上，外面用红漆写了两字"奉水"，桶耳上挂了两个塑胶茶杯，一红一绿。在炎热的天气里喝了清凉的水，让人在清凉里感觉到人的温情，这桶水是由某一个居住在这城市里陌生的人所提供的，他是每天清晨太阳升起时就抬这么重的一桶水来，那细致的用心是颇能体会到的。

　　在烟尘滚滚的尘世，人人把时间看得非常重要，因为时间就是金钱，几乎到了没有人愿意为别人牺牲一点点时间的地步，即使是要好的朋友，如果没有重要的事情，也很难约集。但是当我在喝"奉水"的时候，想到有人在这上面花了时间与心思，牺牲自己的力气，就觉得在忙碌转动的世界，仍然有从容活着的人，他为自己的想法去实践某些奉献的真理，这就是"滔滔人世里，不受人惑的人"。

　　这使我想起童年住在乡村，在行人路过的路口，或者偏僻的荒村，都时常看到一只大茶壶，上面写着"奉茶"，有时还特别钉一个木架子把茶壶供奉起来。我每次路过"奉茶"，不管是不是口渴，总会灌一大杯凉茶，再继续前行，到现在我都记得喝茶的竹筒子，里面似乎还有竹林的清香。

我稍稍懂事的时候，看到了"奉茶"，总会不自禁地想起乡下土地公庙的样子，感觉应该把放置"奉茶"者的心供奉起来，让人瞻仰，他们就是自己土地上的土地公，对土地与人民有一种无言无私之爱，这是"凡劳苦担重担的人，都到我这里来，我必使他得清凉"的胸怀。我想，有时候人活在这个人世，没有留下任何名姓也不是什么要紧的事，只要对生命与土地有过真正的关怀与付出，就算尽了人的责任。

很久没有看见"奉茶"了，因此在台北郊区看到"奉水"时竟低回良久，到底，不管是茶是水，在乡在城，其中都有人情的温热。山道边一杯微不足道的凉水，使我在爬山的道途中有了很好的心情，并且感觉到不是那么寂寞了。

到了山顶，没想到平台上也有一只完全相同的钢桶，这时写的不是"奉水"，而是"奉茶"，两个塑胶茶杯，一黄一蓝，我倒了一杯来喝，发现茶是滚热的。于是我站在山顶俯视烟尘飞扬的大地，感觉那准备这两桶茶水的人简直是一位禅师了。在完全相同的桶里，一冷一热，一茶一水，连杯子都配得恰恰刚好，这里面到底是隐藏着怎么样的一颗心呢？

我一直认为不管时代如何改变，在时代里总会有一些卓然的人，就好像山林无论如何变化，在山林中总会有一些清越的鸟声一样。同样的，人人都会在时间里变化，最常见的变化是从充满诗情画意逍遥的心灵，变成平凡庸俗而无可奈何，从对人情时序的敏感，成为对一切事物无感。我们在股票号子（这"号子"取名真好，有点像古代的厕所）里看见许多瞪着广告牌的眼睛，那曾经是看云、看山、看水的眼睛；我们看签六合彩的双手，那曾经是写过情书与诗歌的手；我们看为钱财烦恼奔波的那双脚，那曾经是在海边与原野散过步的脚。我们的眼耳鼻舌身意看起来仍然是二十年前无异，可是在本质上，有时中夜照镜，已经完全看不出它们的联结，那理想主义的、追求完美的、每一个毛孔都充满光彩的我，究竟何在呢？

清朝诗人张灿有一首短诗："书画琴棋诗酒花，当年件件不离他；而今七事都更变，柴米油盐酱醋茶。"很能表达一般人在时空中流转的变化，从"书画琴棋诗酒花"到"柴米油盐酱醋茶"，人的心灵必然是经过了一番极大的动荡与革命，只是凡人常不自觉自省，任庸俗转动罢了。其实，有伟大怀抱的人物也不能免俗，梁启超有一首《水调歌头》我特别喜欢，其后半阕是："千金剑，万言策，两蹉跎。醉中呵壁自语，醒后一滂沱。不恨年华去也，只恐少年心事，强半为销磨。愿替众生病，稽首礼维摩。"我自己的心境很接近梁任公的这首词，人生的际遇不怕年华老去，怕的是少年心事的"销磨"，到最后只是"醒后一滂沱"了。

在人生道路上，大部分有为的青年，都想为社会、为世界、为人类"奉茶"，只可惜到后来大半的人都回到自己家里喝老人茶了。还有一些人，连喝老人茶自遣都没有兴致了，到中年还能有"奉茶"的心，是非常难得的。

有人问我，这个社会最缺的是什么东西？

我认为最缺的是两种，一是"从容"，一是"有情"。这两种品质是大国民的品质，但由于我们缺少"从容"，因此很难见到步履雍容、识见高远的人；因为缺少"有情"，则很难看见乾坤朗朗、情趣盎然的人。

社会学家把社会分为青年社会、中年社会、老年社会，青年社会有的是"热情"，老年社会有的是"从容"。我们正好是中年社会，有的是"务实"，务实不是不好，但若没有从容的生活态度与有情的怀抱，务实到最后正好是柴米油盐酱醋茶，牺牲了书画琴棋诗酒花。一个彻底务实的人其实是麻木的俗人，一个只知道名利实务的社会，则是僵化的庸俗社会。

在《大珠禅师语录》里记载了禅师与一位讲《华严经》座主的对话，可以让我们看见有情与从容的心是多么重要。

座主问大珠慧海禅师："禅师信无情是佛否？"

大珠回答说："不信。若无情是佛者，活人应不如死人；死驴死狗，亦应胜于活人。经云：佛身者，即法身也，从戒定慧生，从三明六通生，从一切善法生。若说无情是佛者，大德如今便死，应作佛去。"

这说明禅的心是有情，而不是无知无感的，用到我们实际的人生也是如此，一个有情的人虽不能如无情者用那么多的时间来经营实利（因为情感是要付出时间的），可是一个人如果随着冷漠的环境而使自己的心也沉滞，则绝对不是人生之福。

人生的幸福在很多时候是得自于看起来无甚意义的事，例如某些对情爱与知友的缅怀，例如有人突然给了我们一杯清茶，例如在小路上突然听见冰果店里传来一段喜欢的乐曲，例如在书上读到了一首动人的诗歌，例如偶然听见桑间濮上的老妇说了一段充满启示的话语，例如偶然看见一朵酢浆花的开放……总的说来，人生的幸福来自自我心扉的突然洞开，有如在阴云中突然阳光显露、彩虹当空，这些看来平淡无奇的东西，是在一株草中看见了琼楼玉宇，是由于心中有一座有情的宝殿。

"心扉的突然洞开"，是来自从容，来自有情。

生命的整个过程是连续而没有断灭的，因而年纪的增长等于是生活数据的累积，到了中年的人，往往生活就纠结成一团乱麻了，许多人畏惧这样的乱麻，就拿黄金酒色来压制，企图用物质的追求来麻醉精神的僵滞，以至于心灵的安宁和融都展现成为物质的累积。

其实，可以不必如此，如果能有较从容的心情，较有情的胸襟，则能把乱麻的线路抽出、理清，看清我们是如何地失落了青年时代对理想的追求，看清我们是在什么动机里开始物质权位的奔逐，然后想一想：什么是我要的幸福呢？我最初所想望的幸福是什么？我的波动的心为何不再震荡了呢？我是怎么样落入现在这个古井呢？

我时常想起童年时代，那时社会普遍的贫穷，可是大部分人都有丰富的人情，人与人间充满了关怀，人情义理也不曾被贫苦生活所昧却，乡间小路的"奉茶"正是人情义理最好的象征。记得我的父亲常挂在嘴上的一句话是："人活着，要像个人。"当时我不懂这句话的含义，现在才算比较了解其中的玄机。人即使生活条件只能像动物那样，人也不应该活得如动物失去人的有情、从容、温柔与尊严。在中国历代的忧患悲苦之中，中国人之所以没有失去特质，实在是来自这个简单的意念："人活着，要像个人！"

人的贫穷不是来自生活的困顿，而是来自在贫穷生活中失去人的尊严；人的富有也不是来自财富的累积，而是来自在富裕生活里不失去人的有情。人的富有实则是人心灵中某些高贵特质的展现。

家家都有清风明月，失去了清风明月才是最可悲的！

喝过了热乎乎的"奉茶"，我信步走入林间，看到落叶层缝中有许多美丽的褐色叶片，拾起来一看，原来是褐蝶的双翼因死亡而落失在叶中，看到蝴蝶的翼片与落叶交杂，感觉到蝴蝶结束了一季的生命其实与树叶无异，尘归尘、土归土，有一天都要在世界里随风逝去。

人的身体与蝴蝶的双翼又有什么两样呢？如果活着的时候不能自由飞翔，展现这片赤诚的身心，让我们成为宇宙众生迈向幸福的阶梯，反而成为庸俗人类物质化的踏板，则人生就失去其意义，空到人间走一回了！

　　下山的时候，我想，让我恒久保有对人间有情的胸怀，以及一直保持对生活从容的步履；让我永远做一个为众生奉茶供水，在热恼中得到清凉的人。

生平一瓣香

我一直觉得，在我们不可把握的尘世的运命中，我们不要管无情的背弃，我们不要管苦痛的创痕，只要维持一瓣香，在长夜的孤灯下，可以从陋室里的胸中散发出来，也就够了。

你提到我们少年时代常坐在淡水河口看夕阳斜落，然后月亮自水面冉冉上升的景况。你说："我们常边饮酒边赋歌，边看月亮从水面浮起，把月光与月影投射在河上，水的波浪常把月色拉长又挤扁。当时只是觉得有趣，甚至痴迷得醉了。没想到去国多年，有一次在密西西比河水中观月，与我们的年少时光相叠，故国山川如水中之月、镜中之花，挤扁又拉长，最后连年轻的岁月也成为镜花水月了。"

这许多感怀，使你在密西西比河河畔动容落泪，我读了以后也是心有戚戚。才是一转眼间，我们竟已度过几次爱情的水月镜花，也度过不少挤扁又拉长的人世浮嚣了。

还记否？当年我们在木栅的小木屋里临墙赋诗，我的木屋中四壁萧然，写满了朋友们题的字句，而门上匾额写的是一首《困龙吟》。

有一次夜深了，我在小灯下读钱锺书的《谈艺录》，窗外月光正照在小湖上，远听蛙鸣，我把书里的两段话用毛笔写在墙上：

水月镜花，固可见而不可捉，然必有此水而后月可印潭，有此镜而后花可映面。

体格声调，水与镜也；兴象风神，月与花也。必水澄镜朗，然后花月宛然。

那时我相当穷困，住在两坪大只有一个书桌的小屋中。我所有的财产是满屋的书以及爱情，可是我是富足的，当我推开窗子，一棵大榕树面窗而立，树下是植满了荷花的小湖，附近人家都是那么亲善。有时候，我为了送女友一串风铃到处告贷，以书果腹，你带酒和琴来，看到我的窘状，在我的门口写下两句话：

月缺不改光，剑折不改刚。

在醉酒之后，我也曾高歌："我醉欲眠君且去，明朝有意抱琴来。"那时的我们，似乎穷到只要有一杯酒、一卷书，就满足地觉得江山有待了。后来我还在穷得付不出房租的时候，跳窗离开了那个木屋。

前些日子我路过那里，顺道转去看那一间我连一个月三百元的房租都缴不起的木屋。木屋变成了一幢高楼，大榕树魂魄不在，小湖也被盖了公寓。

我站在那里怅望良久，竟然忘了自己身在何方，真像京戏《游园惊梦》里的人。

我于是想到，世事一场大梦，书香、酒魄、年轻的爱与梦想都离得远了，真的是"镜花水月一场"，空留去思，可是重要的是一种响应。如果那镜清明，花即使谢了，也曾清楚地映照过；如果那水澄朗，月即使沉落了，也曾明白地留下波光。水与镜似乎都是永恒的事物，明显如胸中的块垒，那么，花与月虽有开谢升沉，都是一种可贵的步迹。

我们都知道"击石取火"是祖先的故事，本来是两个没有生命的石头，一碰撞却生出火来，因为石中本来就有火种——再冷酷的事物也有它感性的一面。不断地敲击就有不断的火光，得火实在不难，难的是，得了火后怎么使那微小的火种得以不灭。镜与花，水与月，本来也不相干，然而它们一相遇就生出短暂的美。

我们怎么样才能使那美得以永存呢？

只好靠我们的心了。

就在我正写信给你的时候，脑海中突然浮起两句古联：

> 笼中剪羽，仰看百鸟之翔；
>
> 侧畔沉舟，坐阅千帆之过。

爱与生的美和苦恼不就是这样吗？岁月的百鸟一只一只地从窗前飞过，生命的千帆一艘一艘地从眼中航去——许多飞航得远了，还有许多正从那些不可测知的角落里飞航过来。

记得你初到康涅狄格不久，曾经因为想喝一碗犀柠檬水的爱玉冰不可得而泪下，曾经为了在朋友处听到《雨夜花》的歌声而胸中翻滚。说穿了，那也是一种回应，一种掺和了乡愁和少年情怀的回应。

我知道，我再也不可能回到小木屋里去住了，我更知道，我们都再也回不到小木屋那种充满精纯的真情岁月了。这时节，我们要把握的便不再是花与月，而是水与镜，只要保有清澄朗净的水镜之心，我们还会再有新开的花和初升的月亮。

有一首词我是背得烂熟了，是陈与义的《临江仙》：

忆昔午桥桥上饮，座中尽是豪英。长沟流月去无声，杏花疏影里，吹笛到天明。　二十余年成一梦，此身虽在堪惊。闲登小阁眺新晴，古今多少事，渔唱起三更。

我一直觉得，在我们不可把捉的尘世的运命中，我们不要管无情的背弃，我们不要管苦痛的创痕，只要维持一瓣香，在长夜的孤灯下，可以从陋室里的胸中散发出来，也就够了。

连石头都可以撞出火来，其他的还有什么可畏惧呢？

这些消逝于无形的往事，
却可以拿来下酒，酒后便
会浮现出来。

温一壶月光下酒

逃　情

幼年时在老家西厢房，姊姊为我讲东坡词。有一回讲到《定风波》中"一蓑烟雨任平生"这个句子，我吃了一惊，仿佛见到一个挂着竹杖、穿着芒鞋的老人在江湖道上踽踽独行，他身前身后都是烟雨弥漫，一条长路连到远天去。

"他为什么这样？"我问。

"他什么都不要了。"姊姊说，"所以到后来有'回首向来萧瑟处，归去，也无风雨也无晴'之句。"

"这样未免太寂寞了，他应该带一壶酒、一份爱、一腔热血。"

"在烟中腾云过了，在雨里行走过了，什么都过了，还能如何？所谓'来往烟波非定居，生涯蓑笠外无余'，生命的事一旦经过了，再热烈也是平常。"

年纪稍长，我才知道"竹杖芒鞋轻胜马，谁怕？一蓑烟雨任平生"的境界并不容易达致，因为生命中真是有不少不可逃、不可抛的东西。名利倒还在其次，至少像一壶酒、一份爱、一腔热血都是不易逃的，尤其是情爱。

记得日本小说家曾写过一个故事——传说有一个久米仙人，在尘世里颇为情苦。为了逃情，他入山苦修成道，一天腾云游经某地，看见一个浣纱女足胫甚白。久米仙人为之目眩神驰，凡念顿生，飘忽之间，已经自云头跌下。可见逃情并不是苦修就可以达到的。

我觉得"逃情"必须是一时兴到，妙手偶得，如写诗一样，也和酒趣一样，狂吟浪醉之际，诗涌如浆，此时大可以用烈酒热冷梦，一时彻悟。倘若苦苦修炼，可能达到"好梦才成又断，春寒似有还无"的境界，但离逃情尚远，因此久米仙人一见到"乱头粗服，不掩国色"的浣纱女就坠落云头了。

前年冬天，我遭到情感的大创巨痛，曾避居花莲逃情，繁星冷月之际与和尚们谈起尘世的情爱之苦，谈到凄凉处连和尚都泪不能禁。如果有人问我："世间情是何物？"我会答曰："不可逃之物。"连冰冷的石头相碰都会撞出火来，每个石头中事实上都有火种，可见再冰冷的事物也有感性的质地，情何以逃呢？

情仿佛是一个大盆，再善游的鱼也不能游出盆中，人纵使能相忘于江湖，情却是比江湖更大的。

我想，逃情最有效的方法可能是更勇敢地去爱，因为情可以病，也可以治病。假如看遍了天下足胫，浣纱女再国色天香也无可奈何了。情者堂堂巍巍，壁立千仞，从低处看仰不见顶，自高处观俯不见底，令人不寒而栗，但是如果在千仞上多走几遭，就没有那么可怖了。

理学家程明道曾与弟弟程伊川共同赴友人宴席，席间友人召妓共饮，伊川正襟危坐，目不斜视，明道则毫不在乎，照吃照饮。宴后，伊川责明道不恭谨，明道先生答曰："目中有妓，心中无妓！"这是何等洒脱的胸襟，正是"云月是同，溪山各异"，是凡人所不能至的境界。

说到逃情，不只是逃人世的情爱，有时候心中有挂也是情牵。有一回，暖香吹月时节与友在碧潭共醉，醉后扶上木兰舟，欲纵舟大饮。朋友说："也要楚天阔，也要大江流，也要望不见前后，才能对月再下酒。"他死拒不饮，这就是心中有挂，即使挂的是楚天大江，终不能无虑，不能万情皆忘。

以前读《词苑丛谈》，其中有一段故事——

后周末，汴京有一石氏开茶坊，有一个乞丐来索饮，石氏的幼女敬而与之，如是者达一个月。有一天被父亲发现，打了她一顿，她非但不退缩，反而供奉益谨。乞丐对女孩说："你愿喝我的残茶吗？"女嫌之，乞丐把茶倒一部分在地上，满室生异香，女孩于是喝掉剩下的残茶，一喝便觉神清体健。

乞丐对女孩说："我就是吕仙，你虽然没有缘分喝尽我的残茶，但我还是让你求一个愿望。"女只求长寿，吕仙留下几句话："子午当餐日月精，玄关门户启还扃，长似此，过平生，且把阴阳仔细烹。"遂飘然而去。

这个故事让我体察到万情皆忘，"且把阴阳仔细烹"实在是神仙的境界，石姓少女已是人间罕有，还是忘不了长寿，忘不了嫌恶，可见情不但不可逃，也不可求。

越往前活，越觉得苏东坡"一蓑烟雨任平生""也无风雨也无晴"词意之不可得，想东坡也有"春色三分，二分尘土，一分流水。细看来，不是杨花，点点是离人泪"的情思，有"但愿人长久，千里共婵娟"的情愿，有"念故人老大，风流未减，空回首，烟波里"的情怨，也有"若待得君来向此，花前对酒不忍触。共粉泪，两簌簌"的情冷，可见，"一蓑烟雨任平生"只是他的向往。

情何以可逃呢？

煮 雪

传说在北极的人因为天寒地冻，一开口说话就结成冰雪，对方听不见，只好回家慢慢地烤来听……

这是个极度浪漫的传说，想是多情的南方人编出来的。

可是，我们假设说话结冰是真有其事，做起来也是颇有困难的，试想：回家烤雪、煮雪的时候要用什么火呢？因为人的言谈是有情绪的，煮得太慢或太快都不足以表达说话的情绪。

如果我生在北极，可能要为"煮"的问题烦恼半天。与性急的人交谈，回家要用大火；与性温的人交谈，回家要用文火；倘若与人吵架呢，回家一定要生个烈火，才能声闻当时"毕毕剥剥"的火爆声。

遇到谈情说爱的时候，回家就要仔细酿造当时的气氛。先用情诗情词裁冰，把它切成细细的碎片，加上一点酒来煮，那么，煮出来的话便能使人微醉。倘若情浓，则不可以用炉火，要用烛火，再加一杯咖啡，才不会醉得太厉害，还能维持一丝清醒。

遇到不喜欢的人、不喜欢的话就好办了，把结成的冰随意弃置就可以了。爱听的话则可以煮一半，留一半，他日细细品尝。

住在北极的人真是太幸福了。但是幸福也不常驻，有时候天气太冷，火生不起来，是让人着急的，只好拿着冰雪用手慢慢让它融化，边融边听。遇到性急的人恐怕要用雪往墙上摔，摔得力小时听不见，摔得用力则声震屋瓦，造成噪声。

我向往北极说话的浪漫世界，那是个宁静祥和又能自己制造生活的世界。在我们这个到处都是噪音的时代里，有时候，我会希望大家说出来的话都结成冰雪，回家如何处理是自家的事，谁也管不着。尤其是人多要开些无聊的会议时，可以把那块嘈杂的大雪球扔在家门前的阴沟里，让它永远见不到天日。

斯时斯地，煮雪恐怕要变成一种学问。生活经验丰富的人可以依据雪的大小、成色，专门帮人煮雪为生，因为要煮得恰到好处，煮得和说话时恰好一样，确实不易。年轻的恋人们则可以去借别人的"情雪"，借别人的雪来浇自己心中的块垒。

如果失恋，等不到冰雪尽融的时候，就放一把大火把雪屋都烧了，烧成另一个春天。

温一壶月光下酒

煮雪如果真有其事，别的东西也可以留下。我们可以用一个空瓶把今夜的桂花香装起来，等桂花谢了，秋天过去，再打开瓶盖，细细品尝。

把初恋的温馨用一个精致的琉璃盒子盛装，等到青春过尽、垂垂老矣的时候，掀开盒盖，扑面一股热流，足以使我们老怀堪慰。

这其中还有许多意想不到的情趣，譬如将月光装在酒壶里，用文火一起温来喝……此中有真意，乃是酒仙的境界。

有一次与朋友住在狮头山，每天黄昏时候在刻着"即心是佛"的大石头下开怀痛饮，常喝到月色满布才回到和尚庙睡觉，过着神仙一样的生活。最后一天我们都喝得有点醉了，携着酒壶下山，走到山下时顿觉胸中都是山香云气，酒气不知道跑到何方了，才知道喝酒原有这样的境界。

有时候抽象的事物也可以让我们感知，有时候实体的事物也能转眼化为无形，岁月当是明证。我们活着的时候真正感觉到自己是存在的，岁月的脚步一走过，转眼便如云烟无形，但是，这些消逝于无形的往事，却可以拿来下酒，酒后便会浮现出来。

喝酒是有哲学的。准备许多下酒菜，喝得杯盘狼藉是下乘的喝法；几粒花生米，一盘豆腐干，和三五好友天南地北地聊着喝是中乘的喝法；一个人独斟自酌，"举杯邀明月，对影成三人"，是上乘的喝法。

关于上乘的喝法，春天的时候可以面对满园怒放的杜鹃细饮五加皮；夏天的时候，在满树狂花中痛饮啤酒；秋日薄暮，用菊花煮竹叶青，人与海棠俱醉；冬寒时节则面对篱笆间的忍冬花，用蜡梅温一壶大曲。这种种，就到了无物不可下酒的境界。

当然，诗词也可以下酒。

俞文豹在《历代诗余引吹剑录》中谈到一个故事。苏东坡有一次在玉堂日，有一幕士善歌，东坡因问曰："我词何如柳七（即柳永）？"幕士对曰："柳郎中词，只合十七八女郎，执红牙板，歌'杨柳岸，晓风残月'。学士词，须关西大汉、铜琵琶、铁棹板，唱'大江东去'。"东坡为之绝倒。

这个故事也能引用到饮酒上来，喝淡酒的时候，宜读李清照；喝甜酒时，宜读柳永；喝烈酒时，则大歌东坡词。其他如辛弃疾，应饮高粱小口；读放翁，应大口喝大曲；读李后主，要用马祖老酒煮姜汁到煮出怨苦味时最好；至于陶渊明、李太白则浓淡皆宜，狂饮细品皆可。

喝纯酒自然有真味，但酒中别掺物事也自有情趣。范成大在《骖鸾录》里提到："番禺人作心字香，用素茉莉未开者，着净器，薄劈沉香，层层相间封，日一易，不待花萎，花过香成。"我想，做茉莉心香的法门也是掺酒的法门，有时不必直掺，斯能有纯酒的真味，也有纯酒所无的余香。我有一位朋友善做葡萄酒，酿酒时以秋天桂花围塞，酒成之际，桂香袅袅，直似天品。

我们读唐宋诗词，乃知饮酒不是容易的事，遥想李白当年斗酒诗百篇，气势如奔雷，作诗则如长鲸吸百川，可以知道这年头饮酒的人实在没有气魄。现代人饮酒讲格调，不讲诗酒，袁枚在《随园诗话》里提过杨诚斋的话："从来天分低拙之人，好谈格调，而不解风趣，何也？格调是空架子，有腔口易描；风趣专写性灵，非天才不辨。"在秦楼酒馆饮酒作乐，这是格调，能把去年的月光温到今年才下酒，这是风趣，也是性灵，其中是有几分天赋的。

《维摩经》里有一段"天女散花"的记载。

菩萨为弟子讲经的时候，天女出现了，在菩萨与弟子之间遍撒鲜花。散布在菩萨身上的花全落在地上，散布在弟子身上的花却像黏黐那样粘在他们身上。弟子们不好意思，用神力想使花瓣掉落，但花瓣不掉落。仙女说："观诸菩萨花不着者，已断一切分别想故。譬如，人畏时，非人得其便。如是弟子畏生死故，色、声、香、味，触得其便也。已离畏者，一切五欲皆无能为也。结习未尽，花着身耳；结习尽者，花不着也。"

这也是非关格调，而是性灵。佛家虽然讲究酒、色、财、气四大皆空，我却觉得，喝酒到极处，几可达佛家境界。试问，若能把浮名换作浅酌低唱，即使天女来散花也不能着身，荣辱皆忘，使前尘往事化成一缕轻烟，尽成因果，不正是佛家所谓苦修、深修的境界吗？

生命只是如此前行，不必说给别人听，只在心里最幽微的地方，时时点着一盏灯，灯上写两行字：今日踽踽独行，他日化蝶而去。

江湖寥落兮，
归故乡。

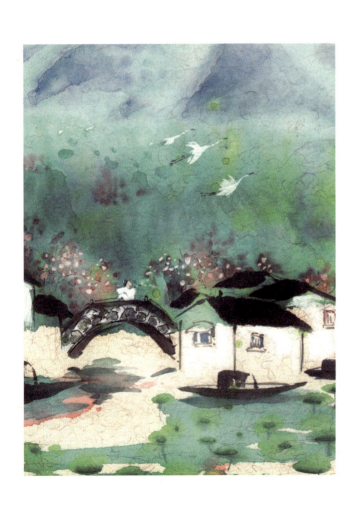

阅读故乡的一百个方法

故乡的美应该是可确定的，老辈的人常说"落叶归根"，那不是说回故乡度晚年等死的意思，而是莫忘本，每一片落叶都不忘记自己的本来之处。落叶犹且如此，树上的新芽当然更不应该忘了。

故乡旗山一些热衷文化的朋友告诉我，他们正想尽各种办法要寻找有关故乡的老照片，将来在旗山小学的礼堂办一次大展览，并且最好可以出版成书，让镇民们都能看到百年来自己故乡的发展。

这个构想是由旗山地方报《蕉城月刊》主编江明树和"蕉城画会"的林峰吉、林慧卿提出的，动机有几个：一是台湾乡村长久以来人口流失严重，年轻人都向往着到都市讨生活，不知道自己的故乡其实是很美的，以旗山来说，至少可以找到一百个以上美不胜收的地方。二是文化历史的保存，旗山地区从清朝以来就很繁荣，留下了许多古迹，这些古迹在时代的改变中纷纷被拆除。我们应该把尚存的记录下来，把已毁坏的原貌展现给大家知道。

在闲聊中，我就提出一个建议：何不征求一百张老照片，然后在老照片的同一个地方、同一个角度，拍一张现在的彩色照片，加一些说明？这样可以加强它的社会性和经济性，看清楚一个小镇是如何变

迁的。

心直口快的江明树就说："那么，书名可以叫作《日落旗山镇》或《没落的旗山镇》了。"明树兄是非常热情的人，他时常为小镇的人才没落、文化凋零而感到郁卒。

林峰吉插嘴说："那不行，咱凭良心讲，在某方面来说，旗山还是很不错的，并不一定只有旧的东西才好。像从前妈祖庙口都是摊贩和违章建筑，现在都拆干净了，多么棒。现在还是有比以前清爽的所在。"峰吉兄是"蕉城画会"的健将，美术系毕业，他多年来的志向就是要用笔表现旗山的美。他笔下的故乡旗山优美无比，看了往往令人震动不已。

"峰吉兄这样讲也有理，"林慧卿说，"我们除了怀旧，也要展望，让大家知道我们旗山也是很有发展的。最好是旧照片美，新照片也美。"慧卿兄是我初中的同学，他也是立志要画旗山的画家，不过，他的画风没有像峰吉那么甜美，而是非常纠结苦闷，与他本人的温文尔雅形成很强的对比。我在看他的画时，总感觉他在内心深处有一块不为人知的、敏感而忧郁的角落。

"你的意见怎么样？"他们问我。

我想，对于故乡，那是不可取代的，我们做这件事，一定要自己真正爱故乡，并且希望大家也都来爱自己的故乡。爱故乡是没有问题的，但是很多人不知道故乡美在何处，或只知道三五处。如果能找出一百处，那真的是太棒了。

我说："这本书应该叫作《阅读故乡的一百个方法》，或叫作《阅读旗山的一百个方法》。我们把旗山最美的一百个场景找出来，分头去找老照片，然后找旗山土生土长的摄影家从老照片的角度去拍一张，这样就会做出一本很有趣的书了。"

大家听了都很开心，表示同意，要立即着手去进行。这时，欧雪贞小姐来了。欧小姐是我旗山小学的学妹，现在定居在美国乡间，回来过暑假，听说大家有"大事商议"，特地来参加。

我们把刚刚的谈话转述了一次，如此如此，这般这般，请她表达一点意见。她说："如果比清洁、卫生、美丽、芳草鲜美，我们旗山是绝对比不上美国的乡间小镇的。但是每年一到放假，我就急着要回来，因为感情是不可取代的。并且每次回来，就看到故乡一些美好的事物，是以前所看不到的。"

故乡的美应该是可确定的，老辈的人常说"落叶归根"，那不是说回故乡度晚年等死的意思，而是莫忘本，每一片落叶都不忘记自己的本来之处。落叶犹且如此，树上的新芽当然更不应该忘了。

主意既定，去何处找老照片呢？大家七嘴八舌地说到，小学、中学、镇公所、地政事务所、糖厂、杉林管理处、邮局等等，相信这些地方的资料室一定有许多老照片。然后，明树兄还表示要做地毯式的搜索，挨家挨户请大家提供老照片出来，等老照片完整，要拍新的照片就容易了。

正当我们热烈讨论的时候，突然听到有人高叫我的名字，因为慧卿兄家的电话和门铃都坏了。出去开门，原来是大哥跑来找我，他满头大汗、气急败坏的样子使我们大吃一惊。

原来这时已经是半夜一点了，大哥的女儿和我的儿子相约出来找我回去，尚未回家。大哥的车子被我开走了，他只好从小路步行前来，才会满头大汗，他着急地说："有没有看到士琦和亮言？"

这下轮到我着急了，立刻把阅读故乡的一百个方法抛在脑后，和大哥开车满街找孩子。找到一点半才颓然而返，这时乡间显得分外宁静和清冷。

回家告诉妈妈，孩子走失了。

妈妈虽然心焦，依然老神在在，说："他们都知道路，小孩子腿慢，再等一下就会回来了。"

果然，没过多久就听见敲门声，两个小朋友欢天喜地地回来了，说是乡间半夜的萤火虫好美，满田满树的。幸好有月光照着小路，他们才可以沿着月光走回家。那铁路旁高大的杧果树是黑夜的地标，使他们知道家的方向。

此时凌晨两点，我和哥哥都松了一口气。不过还是装模作样地叫两个小子去罚跪，半夜十二点还跑出去，太没规矩了。

没多久，又听见他们的笑声，原来是被祖母解救了。怪不得儿子常说："阿妈是我们的救命恩人。"

我坐在书桌前想把"阅读故乡的一百个方法"的企划写出来。现在可以说有一百零一个方法了，那就是在乡下，孩子走失了，不会像在城市那么担心。

仙堂戏院

我至今爱看电影、爱看戏，总希望戏的结局圆满。可以说是从仙堂戏院开始的。

仙堂戏院成立三十多年了，它的传统还没有被忘记，就是每场电影散戏的前十五分钟，打开两扇木头大门，让那些原本只能在戏院门口探头探脑的小鬼一拥而入，看一部电影的结局。

有时候回乡，我就情不自禁散步到仙堂戏院那一带去。附近本来有许多酒家茶室，由于经济情况改变，均已萧条不堪，唯独仙堂戏院的盛况不减当年。所谓盛况指的不是它的卖座（戏院内的人往往三三两两，坐不满两排椅子），指的是戏院外等着捡戏尾仔的小学生。他们或坐着或站着聆听戏院深处传来的响声，等待那看门的小姐推开咿哑的老旧木门，然后就像麻雀飞入稻米成熟的田中，那么急切而聒噪。

接着展露在眼前的是电影的结局，大部分的结局是男女主角历经千辛万苦终于好事成双，或者侠客们终于报了滔天的大仇骑白马离开田野，或者离乡多年的游子奋斗有成终于返回家乡……有时候结局是千篇一律的，但不管多么类似，对小学生来说，总像是历经寒苦的书

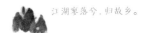

生中了状元，象征了人世的完满。

等戏院的灯亮就不好玩了，看门的小姐会进来清理门户，把那些还留恋不走的学生扫地出门。因为常常有躲在厕所里的、躲在椅子下的，甚至躲在银幕后面的小孩子，希望补看前面的部分。这种"阴谋"往往不能得逞，不管躲在哪里，看门小姐都能找到，并且拎起衣领说："散戏了，你们还在这里干什么？下一场再来。"问题是，下一场的结局仍然相同，有时一个结局要看上三五次。

纵然电视有再大的能耐，电影的魅力是永远不会消失的。从那些每天放学不直接回家、要看过戏尾才觉得真正放学的孩子脸上就知道电影不会被取代。

在我成长的小镇上，原本有两家戏院，一家在电视出现时就关闭了，仙堂戏院因此成为唯一的一家。说起仙堂戏院的历史，几乎是小镇的娱乐发展史。一开始，听长辈说是公演一些大陆的黑白影片，偶尔也有卓别林电影穿梭其间。那时的电影还没有配音，但影像有时还不能使一般人了解剧情，因此产生出一种行业叫"讲电影的"。小镇找不到适当的人选，后来请到妈祖庙前的讲古先生。

讲古先生心里当然是故事繁多，不及备载，通常还有着天马行空的想象力。电影上演的时候，他就坐在银幕旁边，扯开嗓门，凭他的口才和想象力，为电影强作解人。他中西文化无所不通，什么电影到他口中就有了无限天地，常使乡人产生"说得比演得好"的感觉，浑然忘记是看电影，以为是置身于说书馆。

讲古先生也不是万般皆好。据我父亲说，他往往过于饶舌而破坏气氛。譬如看到一对男女情侣亲吻时，他会说："现在这个查埔要亲那个查某，查某眼睛闭了起来，我们知道伊要亲伊了，喔，要吻下去了，喔，快吻到了，喔，吻了，这个吻真长，外国郎吻起来总是很长的。

吻完了，你看那查某还长长吸一口气，差一点就窒息了……"弄得本来罗曼蒂克的气氛变得哄堂爆笑。由于他对这种场面最爱形容，总受到家乡长辈"不正经"的责骂。

说起来，讲古先生是不幸的。他的黄金时光非常短暂，当有声电影来到小镇后，他就失业了。他回到妈祖庙讲古也无人捧场，双重失业的结果，致使他离开小镇，不知所终。

有声电影带来了日本片的新浪潮，像《黄金孔雀城》《里见八犬传》《蜘蛛巢城》《流浪琴师》《宫本武藏》《盲剑客》《日俄战争》《山本五十六》等等，都是深埋在我幼年记忆里的故事。那时，我已经是仙堂戏院的常客，天天去捡戏尾不在话下。有时贪看电影，还会在戏院前拉拉陌生人的裤角，央求着："阿伯仔，拜托带我进场。"那时戏院没有儿童票，小孩只要有大人拉着就免费入场。碰到讨厌的大人就自尊心受损，但我身经百战，锲而不舍，往往要看的电影没有看不成的。

偶尔运气特别坏，碰不到一个好大人，就向看门的小姐撒娇，"阿姨""姊姊"不绝于口，有时也能达到目的。如今想起来也不知为什么当时有那么厚的脸皮，如果有人带我看戏，叫我唤一声"阿公"也是情愿的。

日本片以后，是刀剑电影，我们称之为"剑光片"。看过的电影不甚记得，依稀好像有《六指琴魔》《夺魂旗》《目莲救母》《火烧红莲寺》等等，最记得的是萧芳芳，好像什么电影都有她。侠女扮相是一等一的好，使我对萧芳芳留下美好的印象。即使后来看到她访问阿兰·德隆时颇失仪态，仍然看在童年的面子上原谅了她。

那时的我爱看电影，到了如醉如痴的地步，时常到仙堂戏院门口去偷撕海报。有时月黑风高，也能偷到几张剧照。后来看特吕弗的自传电影，知道他小时候也有偷海报、剧照的癖好，长大后才成为世界一级的大导演，想想当年一起偷海报的好友，如今能偶尔看看电影已经不错，不禁大有沧海桑田之叹。

好景总是不常，有一阵子电影不知为何没落，仙堂戏院开始"绑"给戏班子演歌仔戏和布袋戏。这些戏班一"绑"就是一个月，遇到好戏，也有连演三个月的，一直演到大家看腻为止。但我是不挑戏的，不管是歌仔戏、布袋戏，或是新兴的剧，我仍然日日报到，从不缺席。有时到了紧要关头，譬如岳飞要回京，薛平贵要会王宝钏，祝英台要死了，孔明要斩马谡了，那是生死关头不能不看，就常常逃课前往。最惨的一次是连学校月考也没有参加，结果比岳飞挨斩还凄惨，屁股被打得肿到一星期坐不上椅子，但还是每天站在最后一排，看完了《岳飞传》。

歌仔戏、布袋戏虽好，然而仙堂戏院不再演电影总是美中不足，世界为之单调不少。

我上初中的时候，是仙堂戏院最没落的时期，这时电视有了彩色，而且颇有家家买电视的趋势。乡人要看的歌仔戏、布袋戏，电视里都有。要看的电影还不如连续剧引人，何况电视还是免费的——最后这一点对勤俭的乡下人最重要。还有一点常被忽略，就是能常进戏院的到底是少数，而看完好戏没有谈话和共鸣的对象是非常痛苦的。看电视则皆大欢喜，人人共鸣，到处能找人聊天，谈谈杨丽花的英气勃勃、史艳文的文质彬彬，唉，是多么快意的事！仙堂戏院为此失去了它的观众，戏院的售票小姐常闲得捉苍蝇打架，老板只好另谋出路。先是电影里面来一段插片，让乡人大开眼界，一致哄传，确实乡下人少见妖精打架，戏院景气回升不少。但妖精打来打去总是一回事，很快又失去拥护者。

"假的不行，我们来真的！"戏院老板另谋新招，开始演出大腿开开的歌舞团，一时之间人潮汹涌。但看久了也是同一回事，仙堂戏院又开始养麻雀了，干脆"整修内部，暂停营业"。后来不知哪来的灵感，再开业时，广告词是"美女如云、大腿如林的超级大胆歌舞团，再加映香艳刺激、前所未见的美国电影"，企图抢杨丽花的码头。

结局仍是天定——一鼓作气，再而衰，三而竭。仙堂戏院似乎走到绝路了，再多的美女大腿都回天乏术。

我离开小镇的时候，仙堂戏院一直过着黯淡的时光。幸而几年以后，观众发现，电视的千篇一律其实也和歌舞团差不多，又纷纷回到仙堂戏院的座位上看"奥斯卡金像奖"或"金马奖"的得奖电影——对仙堂戏院来说，也算是天无绝人之路了。到这时，捡戏尾的小学生才有机会重进戏院。其间有几乎十年的时间，父老乡亲都不准小儿辈去仙堂戏院，而歌舞团和插片也确乎没有戏尾可捡。

三十几年过去了，仙堂戏院的外貌变了，竹做的长板条被沙发椅取代，洋铁皮屋顶成了钢筋水泥，铁铸大门代替咿哑的木门，在在显示了它的历史痕迹。

最好的两个传统被留下来：一是容许小孩子去捡戏尾；二是失窃海报、剧照不予追究。这样的三十年过去了，人情味还留着芬芳。

我至今爱看电影、爱看戏，总希望戏的结局圆满，可以说是从仙堂戏院开始的。而且我相信一直下去，总有一天，吾乡说不定出现一个特吕弗，即使丢掉万张海报也都有了代价——这也是我预见仙堂戏院的一个乐观的结局。

所有的盖世英雄，最后不都是在短促的岁月中、在如此多娇的江山前折腰吗？

逐鹿天下，无限江山

　　从前在京剧和地方戏中，看见的项羽莫不是大花脸，须发飞扬，言语狂放，而刘邦呢，多是英俊小生，宽容、仁慈、文质彬彬。

　　一般人习染于戏曲既久，自然会对项羽和刘邦产生两极的偏见，偶有同情西楚霸王的，也会先入为主地认为他是一个粗男子。

　　最近到剧院去看明华园歌仔戏《逐鹿天下》，看到了对刘邦和项羽的诠释，与之前的《楚汉相争》完全不同。项羽竟然是一位俊秀的翩翩佳公子，不仅武功盖世、豪气干云，而且充满真情，情有独钟，为了虞姬，宁可放弃江山。刘邦则被描述成一个丑角，每天赌钱厮混，五短身材，胆小如鼠，笑话百出。在这出戏里，刘邦仅有两个优点，就是他讲义气以及运气好。

　　这两位条件完全不能相提并论的人，一个看似英雄，一个看似狗熊，争夺天下，最后刘邦竟先进了咸阳，有了天下。看到最后的结局，真令人扼腕叹息，感觉到了真正的英雄人物那种可悲的情怀。

当然，戏剧不是历史，并不能反映历史的真相，因为在《史记》里，项羽固然是"彼可取而代之"的英雄人物，刘邦又何尝不是"大丈夫当如是也"的豪气干云的人中之龙呢？

在司马迁的笔下，项羽和刘邦都不是天纵英明的人。

项羽小的时候不喜欢读书，也不喜欢学剑，只喜欢读兵法，可是兵法也学得潦潦草草，不肯多学。比较特殊的是，他身高八尺余，力能扛鼎，才气纵横，有两个瞳仁，故乡的年轻人看到他都畏惧三分。

刘邦的少年时代更不堪，他出身农家却不事生产，好逸恶劳，喜欢酒色，就像一个不良少年，连喝酒也不付钱。他的优点是为人豁达，不拘小节，而且天生容貌很好，鼻子高挺，长相像龙，有漂亮的长胡子，左腿上有七十二颗痣。

这样两位不是顶特殊的年轻人，后来与天下英雄一样起来反秦，但在岁月的历练中，逐渐发展成为非普通人。项羽虽然武功盖世，却变得骄傲、暴躁和专断，而且心肠软，在几次关键时刻（像鸿门宴）都不忍心杀刘邦，从而埋下了失败的种子。刘邦的性格则日渐成熟，加上有张良、韩信、萧何、曹参、樊哙等文臣武将的辅佐，竟势如破竹，声望愈来愈高，而且在好几次危险关头都如有神助，化险为夷，逐渐走向成功之路。

楚汉相争最动人的是项羽被困于垓下，四面楚歌，他在帐中饮酒，看着自己心爱的虞美人和千里马，满怀悲愤地唱着：

> 力拔山兮气盖世，
>
> 时不利兮骓不逝。
>
> 骓不逝兮可奈何？
>
> 虞兮虞兮奈若何！

英雄气短，末路狂歌，最后，他自刎于乌江，把自己的首级送给从前的旧部、后来投靠刘邦的吕马童。项羽死后，遗体被砍成五块，大家抢成一团，最后刘邦把万户的土地分为五份给抢到五块项羽遗体的人。

我少年时代读《史记·项羽本纪》，读到结局时感慨不已，想生命的追求如此惨烈，使得一代英雄豪杰落得鲜血淋漓的下场。这一次看了明华园的《逐鹿天下》，等于给"楚汉相争"的历史翻了案。我看完表演，在剧院旁的池塘边散步，不免想，是谁在写历史？什么才是历史的真相呢？得了天下的刘邦又怎么样？他大杀功臣，晚年得了重病，要更换太子刘盈为戚夫人生的儿子如意而不可得，最后对着戚夫人高歌：

> 鸿鹄高飞，一举千里。
> 羽翮已就，横绝四海。
> 横绝四海，当可奈何？
> 虽有赠缴，尚安所施！

虽有弓箭，又有何用？要射向哪里呢？

在历史里，人的一生是多么短促，成王败寇，有得有失，最后项羽是无可奈何，而刘邦是茫然无措。江山虽然等待英雄人物来逐鹿，可是江山有待而江山也无情，所有的盖世英雄，最后不都是在短促的岁月中、在如此多娇的江山前折腰吗？

今年的文艺季，除了《逐鹿天下》，另一出大戏是当代传奇剧场的《无限江山》，描述的是南唐末代皇帝李后主华丽而悲剧的一生。

我们凡夫俗子不能逐鹿天下，看看历史的兴衰也就很好了，反过来说，一个人如果心中有无限江山，也就无所争，也不必逐鹿了。

可叹息的是，正在逐鹿天下的人，有多少是因为自己的私心？有多少是真正珍惜江山？回家时，见满街的竞选的旗帜在暗夜中飘扬，我的感触更深了。

在旗上飘扬的人名与相貌，全都会是历史的过客，都一样渺小、一样短促、一样要折腰！历史真相虽然难明，但公道自在人心。但愿人人不只逐鹿天下，也都能珍惜江山与人民。

买一斤山水

为什么一个在艺术里最讲山水、在哲学里最追求天人合一、在文学诗歌里最歌颂自然的民族，竟会沦落到为了眼前的小利把由南至北、从东到西的山水破坏到完全没有立足的地方呢？

坐在荷兰阿姆斯特公园里贩卖咖啡的露天铁椅上，因为是清晨，空气里围绕着一层淡薄的凉意。晓雾尚未散去，正在喷水池的周边流动着，滚热的刚端上桌的咖啡，蒸腾的烟与流过来的雾混成一气，向植满玫瑰的花圃那边流去。

环顾四周，繁花的颜色突然一下子细语起来，各种花的本色在流动的雾和斜照的曦光中，柔软清晰得近乎透明。几只有着斑灿羽毛的公鸡正在花圃四围的浅草上踱着方步，昂着首，走过来，走过去，偶尔俯下身来看着草地，寻找着食物。

视线如果从喷水池四散的水雾看过去，就能见到远方起伏不定的山峦，因为有了水，山显得又温柔又明净。然后调整视距，能清楚地见到花园里盛开的色泽。其实，园子里的花都是很平常的，玫瑰、蔷薇、海棠之属，却不知道为什么这一刻显得这样美丽，是因为人在异国吗？还是荷兰人真的会种花？我这样想着。

循着思绪，我慢慢找着贴切的答案。在台湾的风土，以台湾花农的种植技术，我相信如果提供一个同样的花园，我们也能种出和荷兰一样好的花，说不定还能更好。但是，我们为什么没有这么美的花园呢？

　　在荷兰、瑞士这两个国家，我对风景有一种特别的感怀，因为荷兰、瑞士比起埃及、希腊、意大利、法国，不像它们有那么深沉的文化和艺术。我们千里迢迢来此，想要看的只是山水而已，虽然荷兰也有伦勃朗，也有梵高，却不像山水那样深深令人动容，因为伦勃朗和梵高的作品大部分外流了，不像它的风景不动如山，不可更移。

　　坐在阿姆斯特公园，我对妻子说："我们到这里，为的是买一斤山水罢了。"

　　山水固然是无价的，但是我们计算起来，要看异域没有污染的山水，必须坐飞机横越大洋，要投宿在不知名的旅店，还要吃饭、坐车。算起来，如果我们目见的美景能以斤两计算，那么一斤山水的昂贵实在不亚于一斤黄金，何况山水是带不走的，它永远在那里，在明信片上、在海报上，刺激人的购买欲。欧洲一些没有文化背景的国家，靠着山水的维护，每一年不知道收入多少外汇！

　　对于清明纯净的山水的向往，多年来使我旅行过不少地方，足迹也遍布台湾全岛，有许多地方甚至多次造访。令人难过的是，当你第二次前往的时候，山水就不是原来的山水。台湾所有的观光区都可以归入山水破坏的一个环节，只要在地图上标有观光区标识的地方，就表示不必徒劳往返，它一定被盖成一些俗不可耐的房子，一定到处都是垃圾，一定这里被挖去一块，那里被削去一角，然后有人拉着你买过期的特产，有人强迫你照相。

　　我觉得台湾山水是很贱价的，不要说一斤，即使成吨成吨地搬移，也常无人过问，因为我们管不到山水。

山水是无言的，就是我们在台湾所有的山水都盖水泥厂，山水也不会抗议。但是所有的工业、科技、生产在山水的眼中都是渺小的，因为只有山水给人永恒的启示。我觉得活在工业社会还能有一点趣味，那是因为在遥远的郊区还有一片山水洗涤我们。倘若失去这些，人活着还有什么用处呢？

我们到北部滨海公路，是买一斤山水。

我们去东部沿岸，是买一斤山水。

我们到南部海滨，是买一斤山水。

我们进入环山部落，是买一斤山水。

然后，山水慢慢失去原味，在生活里变质了，于是我们往更远的地方去。

我们到澎湖群岛，去买一斤山水。

我们到兰屿和绿岛，去买一斤山水。

慢慢地，澎湖、兰屿、绿岛居民也学会我们这一套——你不知道兰屿的珠光黄裳凤蝶一只卖八十元，使它几乎在兰屿绝迹吗？——把山水改变、把海岸破坏，我们往哪里去呢？我们只好到更远的地方去。

到处去买山水，已经是现代人生活的一种方式，但最可悲的，是那些无知地贱价毁了自己山水的人。

我们的山水已经破产了。

或者说，我们的山水一定会破产。

台湾通过都市的河流，已经捞不起一条鱼。

台湾深山林地里，过度的滥垦与捕杀，使原有的山羌、石虎、黑熊、猴子……几乎全部绝迹，只能在动物园里看见。为什么一个在艺术里最讲山水、在哲学里最追求天人合一、在文学诗歌里最歌颂自然的民族，竟会沦落到为了眼前的小利把由南至北、从东到西的山水破坏到完全没有立足的地方呢？

有人认为这是工商业发展的必经之路，但这是禁不起分析的。瑞士的精密工业是世界第一，为什么他们的山水不会被破坏？荷兰的机械、运输、电子何等发达，为什么他们能维护一整个国家的山水？北欧的瑞典，城市规划何等现代，为什么城市可以与山水并存？即使在植物难以生长的丹麦，他们甚至想尽办法在温室里培养山水。

到了这个时代，也许用工商经贸的发达可以评定一个国家的富裕，但一个国家的品质，则要从他们对待山水的态度来评定。在中东一些产油的国家，生活是富裕的，可是总给人品质不良的印象，那是因为他们根本没有山水，一个没有山没有水的地方，哪里还能谈到生活的情趣呢？

我们山水的沦落与丧失，不在于我们真的没有山水，而在人的贪欲、人的自私。因为所有的物品都可以由私人来用，唯有山与水，是每个人不论贫富都可以享受的，问题是：有许多人连山水都要耗尽，用来追逐自己的欲望——山林的破坏，是为了能多种几棵果树；河水的污染，是为了自己经营的工厂。在山溪河沟毒鱼的人，只管一天能毒到几斤鱼，哪里想过一条河的死亡？

我读书的时候，时常在景美的仙迹岩念书，仙迹岩上有几个传说是吕洞宾的脚印，那个传说是这样的：

吕洞宾在仙界百无聊赖，想要收一位徒弟把毕生的仙术传授给他，他想：我的徒弟应该具备什么样的资格呢？最后他订出一个简单的条件："只要是不贪心的少年就好。"

吕洞宾想到这里，摇身一变，变成一个卖汤圆的老头，他在摊子上挂一块招牌："一个铜钱吃一碗，两个铜钱随意吃。"然后坐在路边等待他未来的徒弟。

从清晨到黄昏，所有路过的人都掏出两个铜钱拼命吃汤圆，直到吃撑了才一摇一摆地走了。天黑的时候，来了一位少年，只付一个铜钱吃一碗汤圆就要离开，吕洞宾心想收徒有望，大为高兴，连忙叫住少年："你为什么只吃一碗汤圆就走？你是人间唯一不贪心的人。"少年哭笑不得地说："我身上只有一枚铜钱，否则当然是吃饱了才走。"

吕洞宾长叹一声，一跃而起，双足在仙迹岩上顿了一下，飞天而去，发现人间竟没有不贪心的人。仙迹岩上如今留下的吕洞宾脚印真是意味深长，可惜已经被淡忘了。不要说是汤圆，就是我们的山水日月也是在贪念之下完全丧失了。没有一个卖木材的人只砍一棵树，没有一位猎人只打一种猎物，没有一个毒鱼的人只毒一条河，也没有一个建筑师只铲平一座山……

吕洞宾曾有两句诗："一粒粟中藏日月，半升铛内煮山川。"同样的，一条河、一座山的受伤就足以代表了我们对日月山川的看法。

我有一个朋友，许多年来一直在做记录台湾山水的摄影工作，留下很多尚未被毁的山水镜头。他有时开玩笑地说："不要小看了这些景物的照片，一百年后拿出来放映还可以收门票呢！因为到那个时候，台湾的孩子们已经不知道我们曾经有那样的景色了。"

那些照片现在看起来还不算稀奇，有的是春天草原上盛放的鲜花，有的是夏天的群树歌唱、众荷喧哗，有的是秋天的红枫落叶最后的鸣蝉，有的是冬天的雪地中挣脱的一叶新芽，有的只是单纯的阳光明亮地普照……

想到这些举目所见的景物，一百年后可能在我们的土地消失，说不定真要买票才能看到它在照片上重现，心里不免深深地忧伤起来。

山水本是无辜的，过去的山水无价，但当我们必须远离居住的地方才能见到明山净水，山水就变得有价了。一斤山水之价绝对胜过一斤黄金，因为黄金也许不会消失，永远被宝爱的人收藏，然而山水呢？看现在的趋势，总有消失的一天。

那一天的到来，中国历千年的美学、哲学、文学全都失去了意义，纵使把整个历史翻转也无能为力了。

星落尼罗河

黄昏到来的时候，是尼罗河最热闹的时间。

阳光这时脱下了热情的白衣，露出了河水一样的温柔，踩着浅棕色的步子，从上游一路走过河岸。恍惚间，众树喧哗，万雀争唱，本来躺在树下午睡的人也纷纷起身，赶着系在一旁的驴子，要走那未走完的路。

我坐在尼罗河中部卢克索的旅店阳台上，视线越过正如火开放的凤凰木，越过绿得晶明的草坪，十米外就是尼罗河。这条河多年以来在地理课本上、历史课本上读过，在文明历史、艺术史上沉思过。在电影上、梦境里白帆驶过，现在正南北纵横地展开在视线的两头了。

即使已临近秋天，尼罗河的日照还是很长，要到夜里八点，天色才会拉下一张灰色的帐子。四周景物仍看得清明，将褪未褪的夕阳在河岸上还留着余光点点。白日的炙热退去，夜晚的寒凉掩来，装饰豪华的马车声哒哒，在慢慢冷却的柏油上跑着轻快的步子。长袍的埃及人步履无声，仿佛伴着影子，飘飘走过。孩子们在温柔的草地上打滚、追逐。

尼罗河在动着，可是给人的感觉仍然静寂，最惊人的大概是麻雀与燕子吧！麻雀结束了一天的觅食，纷纷在树上栖停。这里的麻雀好像无巢，全挤到树上，由于每棵树都挤满了，它们一直不停地在争取自己的位子，叽叽喳喳一阵，"哗"然全部飞起，然后如雨点般落下、归位。争吵、飞起、归位，不断在那里闹着；每棵树都那样，就越发觉得麻雀们的世界热闹非凡。这种游戏，要一直进行到天色黑了才休止。麻雀过度的吵闹与骚扰，使凤凰花落得一地都是。

比起麻雀，燕子是安静的处子。一大群一大群，翦着尾羽做一天最后的飞翔。随着河面上开始有风，燕子全身放松，任风飘飞，好像剪纸一般，贴在湛蓝色的天上，从天空缓缓滑下，滑到接近树梢，突然一阵扭头奋飞而起。那时它不是剪纸，而是活生生的燕子，只是在热浪中显得慵懒罢了。

尼罗河的麻雀与燕子使我在劳累的旅途上想起台湾南部的家乡，唯一不同的是，台湾的河没有这么清，天没有那么蓝，阳光也没有如此明艳。尼罗河水深到无波，透明泛出微微青色，天干净得没有一片云，是那种深深而温润的蓝。沙洲上的植物肥满得翠绿欲滴，背景是金色浩瀚的沙漠——这些好景致当然都是因为黄昏。如果是中午，阳光当头，再美的景物也无法欣赏，就像底片曝光过度，无法显影，再美的景致都是惘然。

尼罗河是我梦想多年的地方，但第一眼看到尼罗河时，心里有说不出的失望。一个埃及导游带领我们从市区往郊外走，先是高耸的大楼、精美的回教寺院、穿梭来往的人群，然后走到墓区。导游正在说明埃及人如何注重来生，因此他们的坟墓都是一整个家族聚在一起，盖得像院落，那孤独坐在墓区的是富有人家请来看守坟墓以防止被盗的人。走着走着，指向眼前一条并不开阔的河流，不经意地说："这是尼罗河！"

"尼罗河！"我们惊叹起来，颇为眼前这条脏黑的河流是尼罗河而不敢相信自己的眼睛，埃及人知道我们的意思，苦笑着说："这一定不是你们想象的尼罗河，但有哪一条流经都市的河是干净的呢？"我们笑起来，在脑中寻思所有经过都市的河流，确实在记忆中不曾有一条是干净的，尼罗河自然不能例外。就像埃及人所说，尼罗河从发源地维多利亚尼安撒湖开始向北流，一开始是洁净的，到了开罗三角洲以后，一片混沌，是全长四千里的尼罗河最脏的一段。

导游说："都市，是任何自然的敌人，在都市里，山水花木都不能干净，人自然也不能干净了。"我颇为这满脸胡楂的埃及人说出如此的智慧语而感叹，到后来才知道他的名字叫穆罕默德。

穆罕默德和所有的埃及人一样，对尼罗河怀有一种深刻的感恩。说起尼罗河的重要，他说他活了三十岁了，还没有看过下雨。埃及不知多少年才能下一次雨，至少已经三十年没有下过了。长久缺乏雨水，埃及人却能一代一代地活下去，那是因为有尼罗河；数千年来，尼罗河不但是埃及人的生命之泉，也是埃及文明沿承发展的神经，所以虽然它污染严重，埃及人仍像敬神一样敬重着它。

但是对万里迢迢赶来的我们，污秽的尼罗河令我们感到痛心，它不再是流经沙漠的碧澄之水，而与沙漠同色，甚至比沙漠更幽暗了。站在桥上看两边的尼罗河，真难以想象它在百年、千年，甚至万年以前是什么颜色。它像一支长针刺破了我们对远方的梦想。想想四千万人口的埃及有一千四百多万人聚集在开罗，尼罗河似乎也就没有希望能干净了。

我不愿相信在开罗所见的是真正的尼罗河。

幸好，我们的行程开始往南方移动，先是离开开罗到基沙，看到一大片玉米田和橄榄树如何接受了尼罗河的灌溉，长出累累的果实。然后到了埃及最古老的都城孟菲斯，这里离开罗已远，大麦茂盛地生长，沿尼罗河岸，还有墨绿色的西瓜田，已经是农业地区了。妇人们缓缓滑下河岸斜坡，从河边汲水到陶罐子里，顶在头上，轻步走过市街。驴子转动水车，把河水打进田里。小孩光着身子，成群跳进河中戏水，河岸水浅处也能见到翠绿的水草了。

尼罗河是世界上唯一北流出海的河流，我们往南方行走，正是溯河而上，慢慢逆寻它清澈的流迹。从开罗搭埃及航空公司飞往卢克索和帝王谷的空中，我特别留心观察这条世界最长的河流。俯瞰尼罗河，如一条蓝色的襟带，从无边的沙漠穿越而过。埃及的空中无云，飞机越高飞，越能感受到尼罗河的绵延无尽，仿佛能看到公元前三千年在尼罗河航行的船只正运着巨大无比的石块，要去北方建造法老王的金字塔。

真正体会尼罗河之美是在卢克索的黄昏。在这个只有七万人的小城，赖以过活的方式是农业和观光，只有极少数人从事尼罗河的鱼捞以及小交易的商业，所以这里的尼罗河几乎是未被污染的。两岸的植物也都长得格外青葱，草地不用说了，满树繁红的凤凰花、白色与粉红色的夹竹桃、高大如塔的樟树、擎天而举的槟榔树……在卢克索的三天，天天有说不出的惊喜，因为想象不到的植物竟都在这里看到。第二天发现了扁柏、武竹、天人菊、向日葵、芦荟、九重葛、变叶木、木麻黄，就像走在台湾乡间的小镇上。第三天看到了一片稻米田、一片棉花田，还看到令人不敢相信埃及会有的莲花。尼罗河的富庶不必再看河水了，只看植物生长的情况，就能深切地知道。

最好的一点，当然还是天蓝无云、落日深红的黄昏，虽说尼罗河畔温度较沙漠凉爽，说到底，非洲的太阳还是不易承受，本生本长的埃及人都吃不消他们的太阳，所以埃及众神里，太阳神最发达。埃及人午后吃过饭，纷纷躺在草地上午睡，抽烟、聊天，马、驴子、骆驼也全躲在树下，等太阳西斜，要到下午三点以后才慢慢有人慵懒地上工。路边卖埃及茶的老人也怨天热，自己倒杯茶在凉棚里喝起来了。

只有到黄昏来临前，小镇才突然从燠热的昏睡中醒转，热闹起来。懒散的埃及人看见日头要落进平沙就收工了，在埃及，工作时间之短颇令人吃惊。那里，当然是没有冷气的。整个卢克索，只有临着尼罗河的三家旅馆有冷气设备，只是不准本地人进入纳凉，不知道为什么。

我说卢克索的黄昏美，不仅限于景色。卢克索小城中心有一个夜市，黄昏才开放，夜市里卖有许多埃及特产，还有提着手工艺品穿梭贩卖的人。埃及人是全世界最会讨价还价的人，与美金几乎等值的埃及币，如果他开价一百元，可能五元就可以买到，因此不管开价多少，总是从一元开始讨价。平常慵懒的埃及人，讨起价来声音奇大，语言也模糊不清。如果一家小店中有三个客人，就仿佛一个市集一般，那种如千军万马的情形，可以想见。夜市里也有很高级的店，卖欧洲进口的用品，从最好的到最坏的，唯一没有的是吃的东西。一个摊贩告诉我们："要吃东西，得到尼罗河畔。"

沿着尼罗河畔，卢克索有许多小吃店，一半架在河上，一半搭在草坪上，用的是竹子和稻草。许是省电的关系，小吃店一律点蜡烛，进来一位客人点一支蜡烛，到处烛光摇曳。临河的窗子是用竹子往外撑，河面上，风微微吹送，河上还有月光与星光，衬着屋里的烛光，河面显得格外光明。

对埃及的食物，我们毫无概念，只叫了一客典型的地方食物。主菜当然是闻名于世界的尼罗河鱼了。河畔的烛光晚餐中不能无酒，又点了一瓶土制的埃及啤酒。先上来的是啤酒，金赤色，喝在口中有点刺舌，是道地的尼罗河水酿造的，小吃店的服务生如此说。

接着送上黄瓜与大饼，削片的黄瓜爽脆可口，大饼是用粗麦做成，硬得像窝窝头，难以下咽。主菜里有一小撮大米、一小撮黄豆与半条尼罗河鱼同熬，味道甚是奇特。尼罗河鱼值得一记，形状与台湾的尼罗河红鱼一般，却比台湾的大三倍，也不是红的，是褐色，肉质极粗，味同橡皮。我们总算领教了道地的埃及菜，并且第二天即付出代价，上吐下泻，腹痛如绞。我们的导游说这是"尼罗河肚子痛"，大部分观光客都会遇到的。他说："尼罗河水就是这么奇怪，埃及人吃了无碍，外地人一吃就闹肚子。"他并且警告我们不要下尼罗河玩水，因为里面菌类丰富，外地人连洗手都可能会敏感。

虽然尼罗河的晚餐是需要付出代价的，但我还是喜欢那样的晚餐，尤其是当夜色渐渐深沉，能听闻河水的轻轻的流动声，看烛光与月光映照，星子一颗颗明亮的倒影，就像突然从天空落到水上，无声而清明。埃及数千年古文明就像河水流过长夜，那闪亮的星子则是永垂的古迹，能听到法老王轻轻的咳声。

离开卢克索一小时车程的帝王谷也在尼罗河旁，是历代埃及君王的陵墓之地，景观却与卢克索完全不同。卢克索到处是绿色植物，漾满生机，帝王谷则是巨石与沙漠的天下，连一株草都难以生长。偶尔路过几个小村，居屋窄小，人民生活贫困，车子一停，大群衣衫褴褛的孩子就围在窗口向人乞讨，随便给一个孩子一颗糖，就可能造成孩子打成一团，看起来让人伤心。导游告诉我们，除了城市较繁荣以外，埃及大部分土地上都是这样贫苦的人民。虽然他们也依尼罗河维生，可是沙漠上的大部分土地无法种作，耕地极小，生活至为不易。

当我们看到豪华的帝王谷里铺满金银宝石，四周全是彩色斑斓的壁画时，我不禁想起谷地四周穷得无鞋可穿的孩子。为什么埃及曾有那么伟大的文明，而如今的埃及人却连三餐都不继？更不用说文明了。为什么同样饮着尼罗河的水，开罗的富豪吃饭时还看肚皮舞，而南方的村落里竟吃不到一颗糖？在卡拉卡大神庙后的尼罗河边，我似乎明白了这个道理。此岸是沙，隔几十米才长出一丛草，而彼岸却是正在结穗的广大稻田——这是尼罗河本身也无法决定的事吧！

埃及人普遍相信命运，相信轮回，相信有一个来生的期待，与尼罗河两岸的不同景观大概也有莫大关系。贫困的埃及人相信来生，是希望有比今天更好的日子。

法老王相信来生，则寄望来世还是个王——导游告诉我说："以前，许多埃及人都是不知有大海，以为尼罗河会无穷地流去，没有尽头，甚至流到来生。"从这里，大约能看到尼罗河不仅是埃及人命运的象征，也是他们对无尽生命的寄望。

卢克索还是尼罗河豪华游轮的停靠大站（这种游轮因出现在电影《尼罗河上的惨案》中而举世知名），听说乘坐游轮从开罗一路往上游，到亚斯文时几乎能看遍埃及古迹。我们无缘搭乘，只好搭阿尔及利亚航空公司飞机沿河而下，一路到亚斯文——这个以世界第一大拦水坝闻名的地方。

我们居住在亚斯文的象岛上时，听说岛上以前产象群，不知何时已绝种了。全岛只盖一家"奥比罗饭店"，四周则是饭店的庭院和草坪。尼罗河到此分叉，象岛是最富庶的一块绿洲。"奥比罗饭店"有自备的轮船，作为与对岸亚斯文大城的交通工具，还有帆船供人乘坐。住在象岛绿洲，才更深刻感觉到尼罗河的魅力。河水像两只温柔的手臂环抱着小岛，四周全是澄明呈碧绿色的尼罗河水。由于有绿洲，河水流速更缓，仿佛大湖。远望尼罗河的水势，真是河水滔滔，有无穷之相。

亚斯文的尼罗河又比卢克索要美，因为它更巨大、更清洁，渔产也更丰。

　　要说亚斯文的尼罗河段渔产丰富，不必看那两人一组的舟子在河面上撒网捕鱼，光看河岸边的白色水鸟就能知悉。水鸟群聚在沙洲上，密密麻麻，竟是没有丝毫空隙。轮船驶过时则全数飞起，啾啾相应，那时每一只水鸟是一个音符响起，千万个音符随风响起，尤其是清晨和黄昏，水鸟跟随着轮船驶过的波动水涟，寻找着浮出水面的游鱼，满天翱翔着水鸟，景观甚是壮丽。舟子说，尼罗河流过肯尼亚、乌干达、埃塞俄比亚、苏丹和埃及，而亚斯文这一段算是最美的。我们问他为何知悉，他说他从出生就长在尼罗河畔，曾溯河驶船而上，几乎看遍了一条尼罗河；也曾顺流到过开罗，并且同意开罗那一段是尼罗河最糟的一段。

　　亚斯文有许多驾驶帆船的青年，他们长得黝黑瘦小，看不出岁月的痕迹。只要花五元埃及币就可以雇一条帆船，放帆湖上。我们有好几天都几乎是在帆船上度过黄昏，什么事都不做，只看山光水色。放帆的青年都是热情而喜爱歌唱的，他们一路唱着当地节奏轻快简单动人的民谣，在尼罗河上放船、歌唱，这就是他们的人生。

　　有一次，我们坐到一艘帆船，舟子是一米四不到的小黑人，看起来像孩子一样，我们万万没想到他已经三十岁了，并且曾经参加过以阿战争，还杀死过几个敌人。对那一次战役，他的结论是："我讨厌战争，只想平安地在尼罗河上过日子。"

　　我们常常到天黑还舍不得下船。在亚斯文，天尚未黑，星子早就在天上，每一颗都像是被尼罗河水清洗过，结实而明亮。它们落在河中的倒影更美——水不断地无声流过，星子永远在同一地方。不奔逐流水。星子在尼罗河中，好像伸手就可以触及。黑夜来临的时候，那有过战争经历的舟子正忘情地放歌。歌声一再重复，但每一句的曲调都不同，时而欢快奋扬，时而低沉忧伤，时而缠绵悱恻，时而柔肠寸断。问起歌里的意思，他说只有一句，是："我心爱的人，在远方，我心爱的人，在远方……"是他在战地上常唱的歌，那一刻听起来，歌声好像随河水，真的飘往远方去了。

到亚斯文，不能不去世界最大的水坝——亚斯文水坝，也是世界最大的人工湖，长五百公里，宽三十公里，水深一百二十米，在视觉上就像一湾青色的海洋。从这湖中捞起的尼罗河鱼，每天有五十吨。湖边有十二座发电厂，埃及的电全是由这里供应，甚至还能外销。

这巨大无朋的水坝始建于一九〇二年，一九一二和一九三三年扩建两次，历时三十年才完成。千余人在建坝时死亡，有十六座神庙被迁走，三万五千人离开故居。这些数目都一再印证亚斯文水坝在沙漠地带建设的艰辛。水坝刚建成的时候，埃及人都陷入狂欢状态，因为它使尼罗河不再泛滥，增加耕种面积达埃及原有的三分之一，发电、灌溉、渔产都足以供应全国。

经过五十年，埃及人的狂欢冷却了，并且开始真正体会到亚斯文水坝的严重缺点。最大的一项，是它整个改变了尼罗河的生态锁链，断丧了许多在沿岸生活的动植物生机。其次，原来每年六月到九月，尼罗河泛滥，为两岸农田带来肥沃的泥土，使作物不必肥料就能生长；现在肥沃的泥土全在水坝沉积，农田失去沃土，政府不得不投下无以数计的资金，向国外购买肥料。其三，由于河水被拦住，下游河水水位降低，每年海水向南倒灌，造成稻田、棉田两大生产的无数损失。

最后，亚斯文水坝的效益正在减少。每年沉积泥土七十五厘米，十年七十五米，水深每年涨高三米，水坝又无法清理，它的寿命日渐短促，使得一般有远见的埃及人忧心忡忡。而且它将来可能是尼罗河的癌症，毫无解救的办法。

我们站在高处，瞭望这一片广大靛明的湖水，真不敢相信湖底下竟有那么深的隐忧，且正在随湖水日日上升。一般埃及人当然不能知悉这些，唯一知道的是，古文明的埃及已随河水流过了岁月，现在机械文明的脚步则一步步踩在文明之上，从河水下走来。将来会如何，是谁也不能预测的！亚斯文水坝附近有一个理工学院，建在亚斯文沙漠与撒哈拉大沙漠的交界处。许多埃及大学生埋首研究水坝的问题，他们在寸草难生的沙漠上研究着世界上最大湖水的将来，说起来也是对数千年来生育埃及文明的尼罗河一个极大的讽刺。

埃及农民才是最辛苦的，他们每年要到河岸挑土加在地里才能耕种，还要做几千年来祖先未曾做过的施肥工作，不免对水坝有一种又爱又恨的情愫吧！

河水对这些全然无言，它只是顺着河道前行，直奔往地中海。人所种下的因，要由人自己去付出代价。尼罗河从开天辟地起就不曾改变它的流量与河道，它的美丑是由人来决定的。这样想时，就越发觉得尼罗河的宽大与无限。亚斯文水坝看起来真是够壮观了，但是，比起一整条河，又算得了什么呢？

在亚斯文的最后一天，我们特地起了绝早，夜色尚未散去，而清晨时分，沙漠天空上的星星格外繁多而明媚。雇了一条昨夜已经相约的帆船，绕象岛一圈，此时没有看见水鸟、燕子、麻雀，当然也没有人。对岸的亚斯文城还沉睡着，岸边的树木朦胧一片，河上仅余的是几艘停泊的帆船，还有落了满河的星星。河里的星与天上的星无语对视，天边晨曦的微红正一丝丝染过河面，又是尼罗河上新一天的开始。直到星星全数在河面隐遁，我们才告别尼罗河。

离开埃及的时候，空中的尼罗河与我们初到时已全然不同，这不同是因为我们曾经在那里泛舟、曾在那里怀想七千年的埃及文明。远远看去，完全看不到尼罗河落脚的地中海，只知道它向那里流去，只知道明天有明天的星，不断地，一天天在尼罗河上，升起，又沉落，永无休止。

合欢山印象

我的眼睛不是彩色的相机，但是我记得那是个有颜色的冬天，有许多诗歌被写在雪片上。

雪

只要独自在雪地上一站，旷古以来的落拓豪迈，便像是不尽的白雪，自遥远的历史英雄的胸怀走进自己的血脉深处。

有一天凌晨，我被敲窗的冷雪惊醒。朔风野大，我赤足推门而出，站在松雪楼巨大的横匾前，一双足就僵在雪地上。满天望也望不尽的雪，隐约能看见东峰上争扬向上的松针，我惊愕于世界的神奇，竟出神地望着远方，纵任雪雨滴滴点点打在脸上，一直到外套湿了才讪讪然回到松云楼中。

那一夜如何也睡不着觉了，熄灯静坐，思想起远方的家人，思想起念念眷眷的爱侣，思想起这样的风雪仿佛曾在地理课本、历史课本上读过，仿佛曾在若干年前老祖父的故事里听过，终至思绪起伏，不

能自已。

我深深知道这个世界是个有情世界，即使是一棵短竹在雪地里长得峥嵘，一棵青松在冰雪之巅傲然仁立，也都在显示天地有情。风雪有时不免是困难和险阻的象征，但是却可以因此成就一个人的品性。

这些时日的单独思考，使我的心怀犹如千山万壑中的涓涓细流，许多人物在其中流荡、成形，他们的笑、爱、举止都还清晰地印在我心底深处，就连那些景物也仍紧紧和我的心牵连着。

即使此刻我就着晨光坐在庭前，合欢山在白雪中升起的曦阳恍若还在远处伸手召唤我，像早前我每天清晨推窗的时候。

炉 火

在晚来欲雪的天气里，"红泥小火炉，能饮一杯无"是一种多么中国、多么高旷的境界。

合欢山的雪夜离不开炉火，尤其在风雪怒吼、松涛响彻时，独自围守火炉，或静坐读书，或执笔写信，或什么也不做，只听着松涛雪声默默地思考，火炉中的炭常衬着窗槛上的雪声展现它暖和的面貌，让我倍觉，能静静坐在火炉旁已是莫大的幸福了。

小时候住在山上，虽说四季如春，一到冬季也有亚热带的冷寒。那时候祖父母都很老了，在冬天里常提着一个褐陶的小火炉，里面厚厚一层洁白的炉灰，上有烧红的木炭，在厅中庭前散发出橙红色的光泽，火炉上还有一个手工刻制的雕花精致的提把。

由于有这样一个小小火炉，祖父祖母整日形影不离地围着火炉取暖，害我小小年纪就憧憬爱情，相信只有爱情是人世里唯一老而弥坚的。也因为有这个小小火炉，所有的小孩、猫狗，甚至飞蛾小虫都喜欢祖父母，整日围绕着他们跑。有时候把他们缠腻了，祖父就会笑着把我们提起来打屁股，说："小孩子屁股三斗火，跟老人家烤什么火？走开，走开。"

老了的祖父喜欢说他的"一千零一个"故事，尽管他说的故事我们都听过许多次，但我们还是很爱听，甚至在他不说时吵着要他说，而且津津有味地听着，后来长大我才知道，我们不是想听那些故事，而是想听一种温馨、怀念、慈爱的语言。瘦小的祖母常在一旁静静地仰脸看藤椅上的祖父，她的脸上有爱和为子孙劳累的皱纹。

后来祖父去世了，他去世时房角还摆着那个火炉，但是里面没有炭火，只有苍白的炉灰。因怕祖母触景伤情，家从相思林中搬到公寓里来，原本沉默的祖母变得更沉默了，清晨到夜深时时坐在沙发椅的角落不停地织毛线，有时候终日不说一句话。

有一年冬天天冷，祖母的腰常常痛，妈妈想起古早古早那个褐陶的小火炉，于是大家开始忙着找那个火炉，把家里翻遍了，也没有找到，大概是搬家的时候弄失了。爸爸瞒着祖母偷偷在房里安了暖气，祖母也不说什么，我却知道她心里是不高兴的。

好几次我回到故居想找那火炉，老屋变得残破了，住着的许多闲杂的人打消了我的念头。我想，祖父是那火种，即使真能找回火炉，对于祖母或者会有更多的伤情吧？到那时我才第一次体会到什么叫"至死不渝"。小火炉的遗失，祖父的死，把我的童年、藤椅、火炉的许多记忆都拉远了，然而我想起火炉时，对情爱便有很深的体悟。

我喜欢火炉，喜欢中国的东西，常期盼未来的家中有个八仙桌，有个火炉。八仙桌要有古意，炉火要不熄，可以在炉旁读书写作，或把木炭轻轻地一块一块加在炉里，只希望有个小楼，不要公寓，这样即使在严寒的冬天，也能望见远方的青葱绿树。或者在园子里辟个小

小莲花池，看田田莲叶撑一池生动的绿。只要有火炉和爱，我们就不怕隆冬，不怕冰雪封冻了大地。

合欢山的天气是宜于烤火的，宜于让人沉醉在清瑟晚风里的温暖中。黄昏时，我把炉里填了火，"炉边更觉斜阳好，松下遍闻晚吹清"两句话从炉火中酝酿出来。有那样一炉火，我便不怕天恶，依然可以在屋里读书。

有一天天清，我只盖一条毛毯就依在炉边睡着了，夜里醒来，月光映着雪意从窗玻璃探进来，我遂在桌上写下了一幅画的两句诗：

山南山北雪晴，

千里万里月明。

雾社松雪楼

日落时分，我从松雪楼徒步走下滑雪会。

晚来天凉，雾自四面八方涌来，使原本银色的山变得更洁净。再从滑雪会走回松雪楼时，雾变得好浓，看不见前面的松雪楼。走在山坡路上，一回头，雾不知何时已散去，可清楚见到滑雪会。这儿的雾来得迅速，去得也快。滑雪会到松雪楼的路并不长，正好面对奇莱山，景色十分好。

天晴时可以觉出山之高、云之浮、雪之白润。云里连着海气，风里带着潮声，落木千山天远大，有时候残雪零星，更多的白藏在更高的山中，更深的松林里，所以我喜爱独自静静地踱步，一任冷风扑面。

有一回从滑雪会走回松雪楼，忽然察觉路上有一层雾，一下子浓了过来，一下子又散了开去，那真是一种奇妙的经验，仿佛走进一个雾帐，雾自发边流过，自耳际流过，自指间流过，都感觉得到；又仿佛行舟在一条雾河上，两旁的松涛声鸣不住，轻舟一转，已过了万重山，回首再望，已看不见有雾来过，看不见雾曾在此驻留了。

有那一次经验，我便喜欢黄昏走那条有雾的路。竟有一两次斜阳犹未落尽，雾已经升起了，远远一排青山，山岚与天云连成一气，无雾时雪地的寂静，有雾时空山的雅致，害我多次忘记雪寒，流连着不忍离去。

合欢山落雪的日子不多，但地上总是有云。每天清晨晨鸟轻啼，我便起身推窗，推出一片迷离，推开一个宇宙，然后开始一天的日课。晨雾总喜欢在松雪楼驻足，伴我等待朝阳初升，等到那轮火红自山头滚跃而起，它便走到云山千里之外，可是我知道它曾在楼畔守护终夜，把昏暗的夜色守成莹洁。

常常忆起，开始喜爱雾是在去年秋季，我在溪头夜游，坐在竹桥上等日出，竟先等到雾浓，在林间穿梭不去。一直到太阳照得好高，雾色还是凄迷。阳光洒在雾上，反射出迷人的七彩。我漫步林间，像是着了一件轻纱，兀自在古树下轻盈地舞跃，不禁想起"夜半来，天明去，来如春梦不多时，去似朝云无觅处"这阕词。

来自空灵的复归空灵，来自平静的复归平静，只是雾色总是美在云深不知处呀！

有一位服务员告诉我，合欢山最美的季节是夏季，我十分惊讶。他说："冬天里人潮汹涌，破坏了许多景致。夏季的合欢山很空静，古木千层天籁响，奇峰万叠夕阳明，是一年最好的季节。"我报以微笑，心想他一定没有在雪霁初晴时看过松雪楼的雾色，一定没有在有雾时体会过千里长松的夕阳山色。

我拥有满楼、满山、满谷的雾色，不去想那连着天边的归路，不去想隔着那么多山那么多水的世事茫茫，只有那一刹那，我感觉，天上的云和地上的草木是相干的，可是或许，连那一点也不相干了。

究竟人生要行过多少次雾帐呢？

熊的脚迹

从燧人氏第一次取到火种，这个世界就不再是原来的世界了。

松雪楼的林伯伯说，几年前他刚上合欢山时，经常在山间在松林里，甚至在松雪楼门口看到熊，渐渐地，很难再看到熊了，只能偶尔在雪地上看到熊留下的一畦畦的脚印。

自那一次听到熊，我就梦寐以求地希望能在山前山后看见熊的影子，或者仅仅是几个粗朴的脚印。尤其是清晨、傍晚和人稀声少的深夜，我喜欢独自在松雪楼四周悠闲地漫步，希望能有意外的收获，可是回来的时候总是带着失望。偶尔有不畏冷的山鸟凌虚御空，留下一声清越的鸣唱，我也会很高兴，像是找到有关熊的一些什么。

有好几次我倚在窗口读书时想，熊也许就在附近吧！它们或许正在窥视，它们不知道有一个善良的男孩在默默中和它们有了约会，衷心企盼着它们的来访。即使它们黑棕色的身影肯在雪地上走过，即使是远远地看不真切，我也会满足的。

我喜欢熊和其他动物一样，可是熊逐渐消失，它活动的范围也愈来愈小了，终于有一天熊的故事和熊的形迹会成为美丽的传说，在合欢山里一代一代被流传下来。年轻的孩子只能像我，或坐在窗口，或坐在檐下，遥望雪天相接而轻轻地喟叹吧！或者后来的人比我更不幸，连山鸟点在蓝天上云外一声啼叫飞过的轻妙都看不见哩！

水流树生，花开结果和生老病死是相同的道理，然而人类常常为了自己的利益而伤害了其他。我常会感叹，人是多么渺小的动物呀！许许多多轰轰烈烈的英雄和美人都过去了，许许多多轰轰烈烈的成功和失败都过去了，我们在做什么？我们留下了什么？

秦始皇并吞六国，统一车书；曹孟德带八十万人马下江东，舳舻千里、旌旗蔽空——这些惊心动魄的成败对我们有什么意义？妲己美色亡商纣、西施倾吴复越国，杨贵妃缢死马嵬坡竟至花钿委地无人收——这些倾国倾城、落雁沉鱼的绝色风姿，除了留下一个凄凉的名字，对我们又有什么意义？

我在展读史书时，除了几声感叹，不知还能说些什么，竟宁可合上书，轻闻扉页散放出来的馨香。一册书竟然神秘地记载了千万年人物的生死、存亡；同样，一条河、一座山、一块石头，甚至一棵树，在睁眼闭眼之间也许就看尽"风流总被雨打风吹去"了。或许熊的几个脚印留在人们脑中的美丽印象要胜过一个叱咤风云的一世雄主哩！

之所以喜爱合欢山，并不只是因为它有许多和熊相关的传说，而是因为它保存了所有大自然的颜色和形貌——蓝色的天，顽强的石头，坐在石缝里的比石头更顽强的松，山头上的鹰，奔跃在林间的松鼠……生命弥漫在整座山上，我喜欢去感觉那种活泼的声息。也许真有一天，我会在雪地上见到一头熊，从许久以前的历史和传说中走来。

日落合欢山

我爱雪，爱青松，也爱落日，可是血红的夕阳落过群山、落过青松、落进一片茫茫白雪的情景，以前只在梦里见过。合欢山是梦境的重现，所以我总是舍不得，舍不得在日头落山时离开松云楼前可以悄悄欣赏落日的位置。

合欢山即使是太阳高照，也仍然抵不住四处涌来的寒意，因此坐在草地上晒太阳，是一种很可贵的享受。

太阳的速度很快，平常不觉得，一到它依在山边又舍不得它沉进森森的黑里才能感觉到。夕阳的深橙色，地上的银白色，山里的靛青色，在合欢山交织成缤纷的色彩世界，粗看是各色独立，细细品味才知道这些颜色是浑然而一的，尤其是那白而晶亮的雪地里，在夕阳中竟现出一种淡淡的橘色，一种很清亮的古典。

我靠在藤椅上看太阳躺进它的眠床，遥望雪地，滑雪的人休息了，玩乐的人在找栖息的地方。夕阳在此刻仿佛是一种耳语，怕被第三个人听见，用它轻柔的语言诉说它的光华，诉说它的生命永远不会死亡，诉说"我就要休息了，明天请允许我轻叩你的窗子"，诉说它工作了一天，需要一夜的休息——它告诉了我宇宙时空循环的不朽道理。

放眼无际的云天万叠，我不禁感叹：在悠久的无穷尽、无起始的时间中，个人的生命不过是电光一闪、流星稍纵；在广大无垠、圆整无缺的空间中，个人的重要又如沧海一粟、戈壁细沙。个人有什么可以自豪的，当面对这样的浩浩宇宙朗朗乾坤！

我看夕阳，思及人世间的许多道理，总要想起明朝于谦的一首诗：

> 千锤万凿出深山，烈火焚烧若等闲。
>
> 粉骨碎身浑不怕，要留清白在人间。

曾有一阵子寒流来袭，山上终日飘着细柔的雪花，门口的雪一天厚过一天，终于厚成半透明的冰。许多年轻人冒着那样的冷寒在雪地里打雪仗、堆雪人，甚至滑雪。可是雪下久了，我心里总是倦倦，只能倚在窗前安静地读书，那时候确是在祷祝，希望第二天能有太阳。

有时候晨光起时，艳阳高照，一到下午，天色漾上一层浓浓的灰，雪花飘下来，看夕阳的希望又被雪花浇熄了；又有时候竟会无端飘来许多黑云，没有阳光，也不下雪，只是郁沉沉的。每回遇到这样的气候我就会想：天意竟是在如此可解与不可解之间呀！

可是我相信，最美的太阳总是落在合欢山的怀里。

岁 月 与 脸

最粗老的树皮在四月的春光中也能长出最翠绿的嫩芽；冬日的雪花飘聚在小屋上，映着星光，也能闪烁璀璨的色泽。一年中的每一季总会给大地带来一些刻痕，这些刻痕处处显出不同的美。

季节之于人是岁月，把刻痕写在人的脸上，是许多粗细不同的皱纹。我喜欢看人的皱纹，看岁月在生活中的累积，因为有的人一条皱纹也许就等于我的一生了。

松雪楼的厨师巫伯伯脸上就有很多岁月写上的痕迹，一位服务人员说："巫伯伯的每一条皱纹都是救了几个人累积成的。"

巫伯伯的年纪已经大了，他两鬓的白发像是合欢山的冰雪，远看近看都银亮，而他的脸上竟还长着两道年轻而上扬的眉。巫伯伯有一颗善良而热切的心，他把上山的年轻人都当成自己的孩子，一听到有人在山里迷失，他会不顾风雪地去救援。

有一夜，风雪很大，能见度还不到十米，厨师巫伯伯说他隔着风雪听到有人呼救的声音，于是不顾任何人的劝告，披上雨衣便一步一步隐没在风雪之中。许多人围着窗口茫然看着远方，以为他再也不会回来了。

经过很久，巫伯伯背回来一个奄奄一息的年轻人，大家忙着抢救，等抢救工作告一段落，大家又找不到巫伯伯了，有人说看到他苍白的脸色，有人说看见他身上厚厚的雪花，更有人说看见他抖颤的双腿，于是大家又焦急地望着窗外，再度以为巫伯伯会在风雪中结束他的生命。

天快亮时，大家等到了巫伯伯，他背着一个年轻人昏倒在松雪楼门口的梯阶上。

那一次，巫伯伯生了一场大病，他所抢救的年轻人早已痊愈，他却还僵硬地躺在床上，终于他醒了，很急切地抓住看护他的人的衣襟："那两个人呢？他们活了吗？"随即又昏沉过去，闻听的人不禁都动容地流下泪来。

巫伯伯脸上的皱纹像是成根在地里的老树，里面刻了很多历史，很多令人感奋的故事。正如知道巫伯伯的人说的，那每一条皱纹都是几个人的生命刻画上去的。

我想，巫伯伯是伟大的，虽然他像很多中国老百姓一样，只受过很少的教育，却常为了救人，忘却风雪，忘却危难，甚至忘却自己。

看他的脸，可以读到很多纵横交错的春秋，可以读到很多让人含泪的事迹，看到他，我总是想起古书上的一句话：

高山仰止，景行行止，虽不能至，然心向往之。

对巫伯伯，这该不是一句赞语了。

江湖寥落兮,归故乡。

结 语

许许多多事情只是印象,一些不必深究的印象。

我在合欢山,便像雪片偶然落在山坡上。明年有明年的雪、明年的雾色、明年的永无休止的阳光,还有明年数不尽的生机。

即使暴风雪来袭,我仍相信天地有情——只要有爱,就有希望。

我的眼睛不是彩色的相机,但是我记得那是个有颜色的冬天,有许多诗歌被写在雪片上。

开悟的鞋垫我也穿了，开悟的茶水我也喝了，但人世的烦恼与苦痛我仍然如是面对。

渺渺茫茫，归彼大荒。

李铁拐的左脚

李铁拐的葫芦中的灵药虽可以解救天下苍生，却不能治愈自己的病足，看起来似乎是矛盾而吊诡的，深思其义，会发现这是人生中的真情实景。

　　读黄永武教授的《爱庐小品》，其中有一篇谈到李铁拐的文章，非常有趣，引人深思。

　　黄教授谈到八仙中的李铁拐，跛了一脚，手扶铁拐杖，还背了一个装有灵药的葫芦，他不禁感到疑惑："既然有仙人的灵术、灵药，为什么不先把自己的跛脚医好呢？"

　　"我猜铁拐李不治好自己的跛脚，是为了向世人展示：重心不重形。仙人重视心灵的万能，不重视臭皮囊的外壳。一般人外形有了残障，回护之心特重，不许别人说着他真正的缺陷处，不幸有人触及讪笑，甚至会动杀机。然而形貌的美丑，是贪恋世间者的品味，凡世味沾染得愈浓，愈不易入道，成道的仙人，早明白'自古真英雄，小辱非所耻'的道理，不会把外形的美丑放在心上的。"

　　——黄教授下了这个结论。

　　读到这篇文章，令我想起了自己最早对李铁拐有印象，是从"八仙彩"和"八仙桌"来的。从前的台湾乡下，每逢节庆或嫁娶，门口一定要挂八仙彩，桌子也要围一条八仙彩，绣功细致、艳丽华美，传说一方面可以辟邪，一方面可以讨吉利。

八仙彩上绣着汉钟离、张果老、韩湘子、李铁拐、曹国舅、吕洞宾、蓝采和、何仙姑，形貌各异，而且突出，有老有少、有男有女、有美有丑。我在少年时代就时常想：为什么仙界的人不都是俊美年轻的神仙呢？那集合了老少美丑的仙界不也像人间一样不公不平吗？有什么值得追求的呢？

再进一步想：仙人也会老吗？仙人也会残缺吗？

每次一问大人，他们总是说："囡仔郎，有耳无嘴，管什么神仙的大志！"最后总是不了了之。

不过，在八仙里我最喜欢李铁拐，因为他最有人味，最有亲和力，传说也最多。李铁拐为什么是跛脚的呢？有好几种说法——

一说，铁拐李早年长得非常英俊魁梧，从小就修道。后来，他率弟子在岩穴修行，有一天，太上李老君约他到华山去。他对弟子说："我的身体留在这里，游云魂和李老君到华山去，如果七天以后还没有回来，你就把我的身体焚化了。"他的魂魄飞出去之后，徒弟的母亲生了重病，催促儿子回乡。徒弟为了赶回家乡，在第六天就先把李铁拐的身体焚化了。等到李铁拐回到山上，正好是第七天，遍寻身体不着，只好附在一个饿死的尸体上复活，所以李铁拐才会跛脚。（《茶香室丛钞》）

一说，李铁拐活到八百岁，身体坏了，再投于他人的身体再生。（《铁围山丛谈》）

一说，拐仙原来姓李，在人间就有足疾，后来受到西王母的点化成仙，封为"东华教主"，授以铁杖一根。（《山堂肆考》）

虽然说法有很多种，其实都是从"人间观点"来看的，李铁拐早入了仙籍，怎么还会有人间的身体、人间的残疾呢？因此，我很赞同黄永武教授的说法，李铁拐的跛脚是一个象征，象征不论在人间或天界，都充满了缺憾，不能圆满。李铁拐的跛脚也是一种示现，示现事物没有十全十美，连神仙都不免有跛足之憾，人间的遗憾也就没有什么不能承受了。

李铁拐的葫芦中的灵药虽可以解救天下苍生，却不能治愈自己的病足，看起来似乎是矛盾而吊诡的，深思其义，会发现这是人生中的真情实景。我们很容易帮助别人渡过难关，可是自己遇到难关却总是手足无措。我们站在局外时常可以给人觉醒的灵药，一旦当局者迷，就会陷入闷葫芦中，哪有什么灵药呢？即使是人间最了不起的医生，生病了也要找别的医生诊疗呀！

在这苦难缺憾的人间，每次一想到李铁拐，心里就会感到一阵温暖。我们在人间游行，事无全美，福无双至，人人都是跛了一只脚的人，而觉悟者的最先决条件，便是承认自己的残缺，承担自己的病足。

最令人忧心的人，是自以为完美的人；最令人担忧的社会，是文过饰非的社会。不论人或社会，谁没有一些痛脚呢？怕的是不能相濡以沫、互相提供灵药罢了。

渺渺茫茫，归彼大荒。

惟愿孩儿愚且鲁，无灾无
难到公卿。

无灾无难
到公卿

苏东坡有一首写自己孩子的诗，诗名叫《洗儿》：

> 人皆养子望聪明，
>
> 我被聪明误一生；
>
> 惟愿孩儿愚且鲁，
>
> 无灾无难到公卿。

这首寄意反讽的诗，其实是有着深沉的悲哀，苏东坡是历代最伟大的诗人之一，他不只诗文盖世，也充满经世济民的怀抱，可惜他的人太聪明、太敏感，又常常写文章直抒胸臆，得罪了许多权贵，使他的一生迁徙流离，担任的都是一些芝麻绿豆的小官。

反过来看看朝廷的那些大官吧！一个个又愚笨又粗鲁，在一个政治不清明的时代，也只有愚鲁的人才可能做到公卿吧！这就不免令诗

/183/

人生起感慨："如果你想无灾无难地做到公卿，只有愚鲁一些，免得被聪明所误！"

九百年了，我们回顾苏东坡所处的政治环境，才能更体贴诗人的悲哀，确实在他的时代，没有几个人比他聪明的，而他的同时代做公卿的人，我们甚至连名字都不知道，更别说是政绩了。

可见，在历史的洪流中，政治乃是一朝一夕之事，愚鲁的政治人物在得意扬扬之际，很快就会被潮流淹没了。而文章乃是寸心千古的事，文学家在灰心之余，不应跟着丧志，他的掌声不是来自政权的，而是来自民间的。

我有时会想，如果苏东坡一生都在宦海得意，可能正是中国文学的悲哀，一个人一直在权力的旋涡之中，不要说没有时间和心情创作了，在心情上也会失去"在野的沧桑"，就难以有什么佳作了。

因为，文学的心，基本上是在野的。

陶渊明、王维、李白、杜甫、杜牧、李商隐、陆游、苏东坡，哪一个是公卿呢？在生命的流放与挫折的时候，才会有敏感的心来进入文学，也只有在悲哭流离之际，才会写下动人的诗篇。

比较可叹的是，历史上做文学家的人，从文都是生命中的第二选择，他们的第一志愿都是位居公卿。但是，幸而做了公卿的人，其实是断送了文学的心；幸而未做公卿的人，写出了千古的诗文。

这是历史上诡谲而难以衡量的真情实景，担任公卿的人不一定是愚且鲁的，但是政治是最限制与最现实的，不可能有什么石破天惊的作为，最后自然沦为平庸的公卿，百代之后看来，只有"愚且鲁"三个字可以形容了。写文章、作诗歌的也不一定是聪明人，只是文学是最无限与最富想象的，若有五分才气，加上持之以恒，不难成就一家之言，最后卓然成家。百年后观之，思想自在公卿之上。

我们不免就会形成天平的两端，一端是"无灾无难到公卿"，二是"多灾多难多诗文"。一端高起来，一端就垂下去，这是不变之理。一个人不可能拥有绝对的权力，还能写出绝对的好文章，因此政治人物的语录、文集、训示等等，用于谋权图治则可，作为文章，实在是世间的糟粕呀！

就以苏东坡来说，他自称是"寒族""世农""生于草茅尘土之中"，随父亲苏洵入京，举进士第之后，开始了坎坷的一生，他三十多岁就开始被贬谪、流放，从黄州、杭州、颖州、定州、惠州、儋州，一直到岭南，数十年都在迁徙流离中度过，两度被召回朝廷，做过翰林学士、中书舍人、侍读、兵部尚书等要职，随即又被流放，一直到他死前半年度岭北归才正式获赦。

真不敢想象苏东坡如果官场顺利会怎么样，顶多是另一个王安石或司马光吧！

苏东坡晚年最后的诗是《自题金山画像》：

心似已灰之木，
身如不系之舟。
问汝平生功业，
黄州惠州儋州。

写完这首诗，两个月后，他在常州病逝。

贬谪是不幸的，但贬逐也使苏东坡的创作更深沉，并且成为"平民英雄"。他一顶布帽、一根竹杖的形象，一直到现在都是平民百姓最喜欢的形象，温暖、可亲，而有人味。

在中国历史上，一直到现代，愚且鲁的人位居公卿的也不少，但要"无灾无难"也是难矣哉！政治人物动见观瞻，被骂被糗无日无之，要开拓自己的形象，有时不免要登全版的广告。即使心里不忮不求也不能讲出来，一说出来，纵使信誓旦旦，百姓也很难相信。做官的人动辄有数千万的财产，也有数亿、数十亿、百亿的，如果有人告诉我，他们都很清白、清高，我也不能相信呀！好吧！就算几十亿都清白、清高，这样的人能与村夫、农人、父老一起喝酒谈心吗？能真正锥心刺骨地了解百姓的贫困与艰苦吗？

"父老喜云集，箪壶无空携""江城浊酒三杯酽，野老苍颜一笑温""荷尽已无擎雨盖，菊残犹有傲霜枝。一年好景君须记，最是橙黄橘绿时"……还是做诗人文学家的苏东坡好呀！

愚且鲁的人做公卿可能是好的，像苏轼这样的人做公卿可能就不会舒适了！

走向生命的大美

唯有清明的心，才体验到什么是真实的美。唯有不断地觉悟，才使体验到的美更深刻、广大、雄浑。也唯有无上正觉的人，才能迈向生命的大美、至美、完美与绝美呀！

王国维在《人间词话》里，曾经说到古今成大事业大学问的人必须经过三种境界：

第一种境界是"昨夜西风凋碧树，独上高楼，望尽天涯路"。意思是说有感性的胸怀，见到西风里凋零的碧树心有所感，在内心里有理想的抱负与未来的追寻，虽有孤独与苍茫之感，但有远见，对生命有辽阔的视野。

（这句出自宋朝晏殊的《蝶恋花》，原词是"槛菊愁烟兰泣露，罗幕轻寒，燕子双飞去。明月不谙离恨苦，斜光到晓穿朱户。昨夜西风凋碧树，独上高楼，望尽天涯路。欲寄彩笺兼尺素，山长水阔知何处？"）

第二种境界是"衣带渐宽终不悔，为伊消得人憔悴"。意思是说不只要有追寻理想的热情与勇气，还要有坚持、有执着，去实践自己所信奉的真理，即使人变瘦了、衣带变宽了，也能百折不悔。

（这句出自宋朝词人柳永的《凤栖梧》，原词是"伫倚危楼风细细，望极春愁，黯黯生天际。草色烟光残照里，无言谁会凭阑意？拟把疏狂图一醉，对酒当歌，强乐还无味。衣带渐宽终不悔，为伊消得人憔悴"。）

第三种境界是"众里寻他千百度，蓦然回首，那人却在灯火阑珊处"。意思是经过非常长久的努力追寻，饱受人生的沧桑，到后来猛然回首，那要追寻的却在自己走过的道路上，灯火阑珊的地方。

（这句出自宋朝词人辛弃疾的《青玉案》，原词是"东风夜放花千树，更吹落，星如雨。宝马雕车香满路，凤箫声动，玉壶光转，一夜鱼龙舞。蛾儿、雪柳、黄金缕，笑语盈盈暗香去。众里寻他千百度，蓦然回首，那人却在灯火阑珊处"。）

从前读《人间词话》读到人生的三种境界时，虽有感触，但不深刻，到最近几年，这三重境界之说时常在心中浮现，格外感受到王国维对生命的智见，他论的虽然是诗词、是事功、是人格，讲的实际上是人从凡夫之见超越的历程，到最后那种"众里寻他千百度，蓦然回首，那人却在灯火阑珊处"，简直是开悟的心境了，使我想起一首禅诗"终日寻春不见春，芒鞋踏破岭头云，归来偶把梅花嗅，春在枝头已十分"，也不禁想到菩萨在人间留下一丝有情那样的心境。

一个人要"众里寻他千百度"，必然要经验人生的许多历程，而要"蓦然回首"则需要一种明觉，至于站在灯火阑珊处的那人，不是别人，而是一个原点，是那个"独上高楼，望尽天涯路"的自我呀！

诗人虽然出自情感与灵感来表达自我，但其中有一种明觉，或者与禅师不同，我相信那明觉之中有如同镜子一样澄明的开悟的心——这种历程，在某些作品里是历历可见的。

宋朝词人蒋捷曾有一首《虞美人》，很能看出这种提升的历程。

少年听雨歌楼上，红烛昏罗帐；

壮年听雨客舟中，江阔云低，断雁叫西风；

而今听雨僧庐下，鬓已星星也；

悲欢离合总无情，一任阶前，点滴到天明。

在僧庐下听雨的白发诗人，体会到人世悲欢离合的无情就像阶前的雨一样错落无常，心境上是有一种悟境的。与禅心不同的是，禅心以智为灯心，诗人则以美作为点燃，这是为什么我们读到李贺"天若有情天亦老"一句，要为之低回不已了。或者读到龚自珍的"落红不是无情物，化作春泥更护花"要为之三叹了。

一个好的开悟的境界，或者崇高的人格与事物，都不是无情的，它是一种经过净化的有情的心，这种经过净化的有情，我们可以称之为"觉有情"，有如道绰大师说的，就像天鹅在水中悠游，沾水而羽毛不湿。

好的文学、优美的诗歌，无不是在"有情中有觉"，创作者既提升了自我的情感经验，也借以转化、溶解成人人都能提升的情感经验，来唤醒大众内在的感觉的呼声。这是为什么历来伟大的禅师在开悟之际都会写下诗歌，而开悟之后，有许多禅师也往往以诗歌示教，在显教最有名的是六祖慧能，传说他不识字，但读他的作品《六祖坛经》竟有如诗偈一样。在密宗最著名的是密勒日巴，传说他留传的诗歌竟有数万首之多。

寒山、拾得不也是这样吗？他们是山野的隐士，却也忍不住把自己的心境写在山间石壁，幸好有人抄录才不致失传。但是，我也不禁想到，以寒山、拾得的诗才，写诗的那种劲道，一定有更多的诗隐于石上、壁上，与草木同朽，后人无缘得见了。

为什么悟道者爱写诗呢？原因何在？我想在最根本处是，禅学或佛教是一种美，在人生中提升美的体验，使一个人智慧有美、慈悲有美、生活有美，语默动静无一不美，那才是走向佛道之路。

失去了美，佛道对人生还有什么价值呢？

唯有心性的绝美，才使人能洗涤贪嗔痴慢疑五毒；也唯有绝美的心，才能面对、提升、跨越人生深切的痛苦。

因此，道是美，而走向道的心情是一种诗情，诗情与道情转折的驿站则是"觉"。

菩萨所以叫"觉有情"，是因为菩萨从来没有失去感性的怀抱，与凡夫不同的是，他在有情中不失觉悟的心。

菩萨所以个个心性皆美，长相也无不庄严到达极致，则是启示了我们，美是无比重要的，最深刻的美则是来自有情的锤炼。

即使是佛，十方诸佛都是"相好庄严"，经典里说到佛之美，有"三十二相，八十种好"之说，因此，佛的相、佛的心，都是绝美。

了解到佛道的追求是生命完美的追求，我模仿王国维之说，凡是古今走向"觉有情"之道者，也必经三种境界：

第一种境界是"笑渐不闻声渐悄，多情却被无情恼"。（语出苏东坡《蝶恋花》）

第二种境界是"我见青山多妩媚，料青山见我应如是，情与貌，略相似"。（语出辛弃疾《贺新郎》）

第三种境界是"千锤万凿出深山，烈火焚烧若等闲。粉骨碎身浑不怕，要留清白在人间"。（语出于谦《咏石灰》）

真正觉有情的菩萨，全是多情的种子，他们在无情的业障人世之中，因烦恼生起菩提之心。然后体会到一切有情都会被无情所恼，思有以解脱，心性与眼界大开，看到世间的美与苦难是并存的，正如青山与我并无分别。最后宁可再跃入有情的洪炉，不畏任何障碍，为了留一点清白在人间。

一个人格境界的确立正是如此，是在有情中打滚、提炼，终至永保明觉，观照世间，那时才知道什么叫作"蓦然回首"了。

唯有清明的心，才体验到什么是真实的美。

唯有不断地觉悟，才使体验到的美更深刻、广大、雄浑。

也唯有无上正觉的人，才能迈向生命的大美、至美、完美与绝美呀！

雪中芭蕉

伟大的心灵往往能突破樊笼，把大雪消融，芭蕉破地而出，使得造化的循环也能有所改变，这正是抒情，正是寄意，正是艺术创作最可贵的地方。寒冰有什么可畏呢？

　　王维有一幅画《雪中芭蕉》，是中国绘画史里争论极多的一幅画，他在大雪里画了一株翠绿芭蕉。大雪是北方寒地才有的，芭蕉则又是南方热带的植物，"一棵芭蕉如何能在大雪里不死呢？"这就是历来画论所争执的重心。《渔洋诗话》说他："只取远神，不拘细节。"沈括的《梦溪笔谈》引用张彦远的话说他："王维画物，不问四时，桃杏蓉莲，同画一景。"

　　但是后代喜欢王维的人替他辩护的更多。宋朝朱翌的《猗觉寮杂记》说："右丞不误，岭外如曲江，冬大雪，芭蕉自若，红蕉方开花，知前辈不苟。"明朝俞弁的《山樵暇语》谈到这件事，也说都督郭铉在广西："亲见雪中芭蕉，雪后亦不坏也。"明朝的王肯堂刻本《郁冈斋笔麈》为了替王维辩护，举了两个例子，一是梁朝诗人徐摛的一首诗："拔残心于孤翠，植晚玩于冬余。枝横风而色碎，叶渍雪而傍孤。"来证明雪中有芭蕉是可信的。一是松江陆文裕宿建阳公馆时，"闽中大雪，四山皓白，而芭蕉一株，横映粉墙，盛开红花，名美人蕉，乃知冒着雪花，盖实境也"。

这原来是很有力的证据，说明闽中有雪中的芭蕉，但是清朝俞正燮的《癸巳存稿》又翻案，意见与明朝谢肇淛的《文海披沙》一样，认为"如右丞雪中芭蕉，虽闽广有之，然右丞关中极雪之地，岂容有此耶？"谢肇淛并由此提出一个论点，说："作画如作诗文，少不检点，便有纰漏。……画昭君而有帷帽，画二疏而有芒跃，画陶母剪发而手戴金钏，画汉高祖过沛而有僧，画斗牛而尾举，画飞雁而头足俱展，画掷骰而张口呼六，皆为识者所指摘，终为白璧之瑕。"其认为不论是作什么画，都要完全追求写实，包括环境、历史，甚至地理等因素。

我整理了这些对王维一幅画的诸多讨论，每个人讲的都很有道理，可惜王维早就逝去了，否则可以起之于地下，问他为什么在雪中画了一株芭蕉，引起这么多人的争辩和烦恼。

我推想王维在作这幅画时，可能并没有那么严肃的想法，他只是作画罢了，在现实世界里，也许"雪"和"芭蕉"真是不能并存的，但是画里为什么不可以呢？

记得《传灯录》记载过一则禅话——六源律师问慧海禅师："和尚修道，还用功否？"

师曰："饥来吃饭，困来即眠。"

六源又问："一切人总如师用功否？"

师曰："不同，他吃饭时不肯吃饭，百种需索；睡时不肯睡，千般计较。"

这一则禅话很可以拿来为雪中芭蕉作注，在大诗人、大画家、大音乐家王维的眼中，艺术创作就和"饥来吃饭，困来即眠"一样自然，后代的人看到他的创作，却没有那样自然，一定要在"雪里有没有芭蕉"

争个你死我活，这批人正是"吃饭时不肯吃饭，百种需索；睡时不肯睡，千般计较"。此所以历经千百年后，我们只知道王维，而为他争论的人物则如风沙过眼，了无踪迹了。

我并不想为"雪中确实有芭蕉"翻案，可是我觉得这个公案，历代人物争论的只是地理问题，而不能真正触及王维作画的内心世界，也就是有两种可能：一种是雪中真有芭蕉为王维所眼见，是写景之作；另一种是雪中果然没有芭蕉，王维凭借着超人的想象力将之结合，作为寓意之作。也就是"精于绘事者，不以手画，而以心画"的意思。

王维是中国文学史、绘画史、音乐史中少见的天才。在文学史里，他和诗仙李白、诗圣杜甫齐名，被称为"诗佛"；在绘画史里，他和李思训齐名，李思训是"北宗之祖"，王维是"南宗之祖"，是文人画的开山宗师；在音乐史里，他是一位琵琶高手，曾以一曲《郁轮袍》名动公卿。

十五岁的时候，王维作了《题友人云母障子》《过秦王墓》，十六岁写《洛阳女儿行》，十七岁赋《九月九日忆山东兄弟》，十九岁完成《桃源行》《李陵咏》诸诗……无一不是中国诗学的经典之作，十九岁的王维中了解元，二十一岁考上进士，他少年时代表现的才华，使我们知道他是个伟大的天才。

王维也是个感情丰富的人，他留下许多逸事，最著名的有两个。当时有一位宁王，有宠姬数十人，都是才貌双绝的美女。王府附近有一位卖饼的女子，长得亭亭玉立，百媚千娇，非常动人，宁王一见很喜欢她，把她丈夫找来，给了一笔钱，就带这女子回家，取名"息夫人"。一年后，宁王问息夫人："你还想以前的丈夫吗？"她默默不作声。于是宁王把她丈夫找来，彼此相见，息夫人见了丈夫泪流满颊，若不胜情。宁王府宾客数十人，都是当时的名士，看了没有不同情的。

宁王命各人赋诗，王维即席作了《息夫人怨》：

> 莫以今时宠，而忘旧日恩；
> 看花满眼泪，不共楚王言。

宁王看了大为动容，于是把息夫人还给她的丈夫。

另一个是安禄山造反时，捕获皇宫中的梨园弟子数百人，大宴群贼于凝碧寺，命梨园弟子奏乐，他们触景生情，不禁相对流泪。有一位叫雷海清的乐工禁不住弃琴于地，西向恸哭，安禄山大怒，当即将雷海清肢解于试马殿。王维听到这个消息，写了一首十分深沉的诗：

> 万户伤心生野烟，百官何日再朝天；
> 秋槐叶落空宫里，凝碧池头奉管弦。

从王维的许多小事看来，虽然他晚年寄情佛禅，专写自然的田园诗篇，在他的性灵深处，则有一颗敏感深情、悲天悯人的心，这些故事，也使我们更确信，他的绘画不能光以写实写景观之，里面不可免地有抒情和寄意。

他说过："凡画山水，意在笔先。"《新唐书》的《王维本传》说他："画思入神，至山水平远，云势石色，绘工以为天机独到，学者所不及也。"我认为，一位"意在笔先""天机独到"的画家，在画里将芭蕉种在大雪之中，并不是现实的问题，而是天才的巧运。

王维的诗作我们读了很多，可惜的是，他的绘画在时空中失散了。台北"故宫博物院"有一幅他的作品《山阴图》，花木扶疏，流水清远，左角有一人泛舟湖上，右侧有两人谈天，一人独坐看着流水，确能让人兴起田园之思。据说他有两幅画《江山雪霁图》《伏生授经图》流落日本，可惜无缘得见，益发使我们对这位伟大画家留下一种神秘的怀念。

我一直觉得，历来伟大的艺术家，他们本身就是艺术。以《雪中芭蕉》来说，那棵芭蕉使我们想起王维，他纵是在无边的大雪里，也有动人的翠绿之姿，能经霜雪而不萎谢。这种超拔于时空的创作，绝不是地理的求证所能索解的。

在造化的循环中，也许自然是一个不可破的樊笼，我们不能在关外苦寒之地真见到芭蕉开花，但是伟大的心灵往往能突破樊笼，把大雪消融，芭蕉破地而出，使得造化的循环也能有所改变，这正是抒情，正是寄意，正是艺术创作最可贵的地方。寒冰有什么可畏呢？王维的《雪中芭蕉图》应该从这个角度来看。

归彼大荒

我所居兮，青埂之峰。我所
游兮，鸿蒙太空。谁与我游
兮，吾谁与从。渺渺茫茫兮，
归彼大荒。

每年总要读一次《红楼梦》，最感动我的不是宝玉和众美女间的风流韵事，而是宝玉出家后在雪地里拜别父亲贾政的一段：

那天乍寒下雪，泊在一个清静去处，贾政打发众人上岸投帖辞谢朋友，总说即刻开船，都不敢劳动。船中只留一个小厮侍候，自己在船中写家书，先要打发人起早到家。写到宝玉事，便停笔。抬头忽见船头上微微的雪影里面一个人，光着头，赤着脚，身上披着一领大红猩猩毡的斗篷，向贾政倒身下拜。贾政尚未认清，急忙出船，欲待扶住问他是谁，那人已拜了四拜，站起来打了个问讯。贾政才要还揖，迎面一看，不是别人，却是宝玉。贾政吃一大惊，忙问道："可是宝玉么？"那人只不言语，似喜似悲。贾政问道："你若是宝玉，如何这样打扮，跑到这里？"宝玉未及答言，只见舡头上来了两人，一僧一道，夹住宝玉道："俗缘已毕，还不快走！"说着，三个人飘然登岸而去。贾政不顾地滑，疾忙来赶，见那三人在前，那里赶得上，只听得他们三人口中不知是那个作歌曰：

"我所居兮，青埂之峰。我所游兮，鸿蒙太空。谁与我游兮，吾谁与从。渺渺茫茫兮，归彼大荒。"

读到这一段，给我的感觉不是伤感，而是美，那种感觉就像是读《史记》读到荆轲着白衣度易水去刺秦王一样，充满了色彩。试想，一个富贵人家的公子看破了世情，光头赤足着红斗篷站在雪地上拜别父亲，是何等的美！因此我常觉得《红楼梦》的续作者高鹗，文采虽不及曹雪芹，但写到林黛玉的死和贾宝玉的逃亡，文章之美，实不下于雪芹。

贾宝玉原是女娲炼石补天时，在大荒山无稽崖炼成的三万六千五百零一块的顽石之一，没想到女娲只用三万六千五百块补天，余下的一块就丢在青埂峰下，后来降世为人，就是贾宝玉。他在荣国府大观园中看遍了现实世界的种种桎梏，最后丢下一切世俗生活，飘然而去。宝玉的出家是他走出八股科考会场的第二天，用考中的"举人"作为还报父母恩情的礼物，还留下一个尚在腹中的孩子，走向了自我解脱之路。

我每读到宝玉出家这一段，就忍不住掩卷叹息，这段故事也使我想起中国神话里有名的顽童哪吒，他割肉还母，剔骨还父，然后化成一道精灵，身穿红肚兜，脚踏风火轮，一程一程地向远处飘去，那样的画面不仅是美，可以说是至庄至严了。《金刚经》里最精彩的一段文字是"若以色见我，以音声求我，是人行邪道，不能见如来"。我觉得这"色"乃是人的一副皮囊，这"音声"则是日日的求告，都是有生灭的，是尘世里的外观，讲到"见如来"，则非飘然而去了断一切尘缘不能至。

何以故？《金刚经》自己给了注解："如来，若来若去，若坐若卧。""如来者，无所从来，亦无所去，故名如来。"我常想，来固非来，去也非去，是一种多么高远的境界呢？我也常想，贾宝玉光头赤足披红斗篷时，脱下他的斗篷，里面一定是裸着身的，这块充满大气的灵石，用红斗篷把曾经陷溺的贪嗔痴爱隔在雪地之外，而跳出了污泥一般的尘网。

如果比较贾宝玉的出家和释迦牟尼的出家，其中是有一些相同的。释迦原是中印度迦毗罗国的王子，生长在皇室里歌舞管弦之中，享受着人间的快乐，但是他在生了一子以后，选了个夜深人静的时候，私自出宫，乘马车走向了从未去过的荒野，那年他只有十九岁（与贾宝玉的年纪相仿）。

想到释迦着锦衣走向荒野，和贾宝玉立在雪地中的情景，套用《红楼梦》的一句用语："人在灯下不禁痴了。"

历来谈到宝玉出家的人，都论作他对现世的全归幻灭，精神在人间崩解；而历来论释迦求道的人，都说是他看透了人间的生老病死，要求无上的解脱。我的看法不同，我觉得那是一种美，是以人的本真走向一个遥远的、不可知的、千山万叠的风景里去。

贾宝玉是虚构的人物，释迦是真有其人，但这都无妨他们的性灵之美。我想到今天我们不能全然地欣赏许多出家的人，并不是他们的心不诚，而是他们的姿势不美。他们多是现实生活里的失败者，在挫折不能解决时出家，而不是成功地、断然地斩掉人间的荣华富贵，在境界上大大地逊了一筹。

我每到一个地方，都爱去看当地的寺庙，因为一个寺庙的建筑最能表现当地的精神面貌，有许多寺庙里都有出家修道的人，这些人有时候让我感动，有时候让我厌烦，后来我思想起来，那纯粹是一种感觉，是把修道者当成"人"的层次来看，确实有些人让我想起释迦，或者贾宝玉。

有一次，我到新加坡的印度庙去，那是下午五点的时候，他们正在祭拜太阳神，鼓和喇叭吹奏出缠绵悠长的印度音乐，里面的每一位都是赤足赤身只围一条白裙的苦行僧，上半身被炙热的太阳烤成深褐色。

我看见，在满布灰鸽的泥沙地上有一位老者，全身乌黑、满头银发、骨瘦如柴，正面朝着阳光双手合十，伏身拜倒在地上，当他抬起头时，我看到他的两眼射出钻石一样耀目的光芒，这时令我想起释迦牟尼在大苦林的修行。

还有一次我住在大岗山超峰寺读书，遇见一位眉目娟秀的少年和尚，每个星期日，他的父母开着奔驰轿车来看他，终日苦劝也不能挽回他出家的决心，当奔驰汽车往山下开去，穿着米灰色袈裟的少年就站在林木掩映的山上念经，目送汽车远去。我一直问他为何出家，他只是面露微笑，沉默不语，使我想起贾宝玉——原来在这世上，女娲补天剩下的顽石还真是不少。

这荒野中的出家人，是一种人世里难以见到的美，不管是狂欢或者悲悯，我敬爱他们。我深信，不管在多空茫的荒野里，也有精致的心灵。而我也深信，每个人心中都有一颗灵石，差别只是，能不能让它放光。

太阳下山看月光

山色如何

文学所讲的佛与禅，是希望做到「善言的人吃蜜」……用白瓷盛的蜜与破碗装的蜜，都是一样的甘甜。

苏东坡有一次游江西庐山，见到龙兴寺的常聪和尚，两人熬夜讨论"无情说法"的公案，第二天清晨醒来，他听见了溪流的声音，看见清净的山色，随即赋了一偈：

溪声便是广长舌，

山色岂非清净身；

夜来八万四千偈，

他日如何举似人。

自己觉得意犹未了，又在柔和的晨光中写下两偈：

横看成岭侧成峰，

远近高低各不同；

不识庐山真面目，

只缘身在此山中。

庐山烟雨浙江潮，

未到千般恨不消；

到得元来无一事，

庐山烟雨浙江潮。

这三首偈广为传诵，被看成正好可以和青原惟信禅师说的山水观前后印证："三十年前见山是山，见水是水。及后亲见亲知，有个入处，见山不是山，见水不是水。如今得个休歇处，依旧见山只是山，见水只是水。"

苏东坡的三首偈后来一直被讨论着，特别是第一首，云堂的行和尚读了以后，认为"溪声""山色""夜来""他日"几个字是葛藤，把它改成：

溪声广长舌，山色清净身；

八万四千偈，如何举似人。

有一位正受老人看了，觉得"广长舌""清净身"太露相，一首偈于是被改成了对联：

溪声八万四千偈，

山色如何举似人。

庵禾山和尚看了，摇头说："溪声、山色也都不要，若是老僧，只是'嗯'一声足够！"

许多人都觉得庵禾山和尚的境界值得赞叹，我认为，苏东坡的偈仍是可珍爱的，如果没有他的偈，庵禾山和尚也说不出"'嗯'一声足够"了。

文学与佛性之间，或者可以看成从一首偈到一声"嗯"的阶梯，一路攀爬上去，花树青翠，鸟鸣蝶飞，溪声山色都何其坦然明朗地展现在我们的眼前，到了山顶，放眼世界全在足下，一时无话可说，大叹一声："嗯！"

可是到山顶的时候总还有个立脚处，有个依托，若再往上爬，云天无限，则除了"维摩诘的一默，有如响雷"之外，根本就不想说了。

沉默，就是响雷，确乎是最高的境界，不过，对于连雷是什么都不知道的人，锣鼓齐催，是必要的手段。

我想到一个公案，有一个和尚问慧林慈爱禅师：

"感觉到了，却说不出，那像什么？"

"哑子吃蜜。"慈爱回答。

"没有感觉到，却说得有声有色，又像什么？"

慈爱说："鹦鹉学人。"

用文学来写佛心，是鹦鹉学人，若学得好，也是很值得赞叹，但文学所讲的佛与禅，是希望做到"善言的人吃蜜"。能告诉别人蜜的滋味，用白瓷盛的蜜与破碗装的蜜，都是一样的甘甜。

我的文章，是希望集许多响雷，成为一默。

也成为，响雷之前，那光明如丝、崩天裂云的一闪。

有时候，我说的是雷声闪电未来之前，乌云四合的人间。

那是为了，唯有在深沉的黝暗中，我们才能真正热切期待破云的阳光。

开悟鞋垫

渺渺茫茫，归彼大荒。

开悟的鞋垫我也穿了，开悟的茶水我也喝了，但人世的烦恼与苦痛我仍然如是面对。

要搭飞机去南部，在台北松山机场候机的时候，突然走来一位相貌慈和、头发花白的老先生坐到我身边。他手里拿着一本《唯识》，说："你读过《唯识》吗？"

"读过一点点。"我说。他一副直指人心的样子说："那么，你认为人的开悟是可能的吗？"我点点头，重复他的话说："我认为人的开悟是可能的。""不过，一般人觉得开悟是很难的事，而讲开悟的人也常把开悟讲得太玄了，我倒是有一个非常简单的方法使人开悟。"老先生充满自信地说。

当一个人讲到有很简单的方法使人开悟，总使我感兴趣，我说："你有什么简单的方法使人开悟呢？"

老先生开心极了，说："我在远远的地方看到候机室的人群，就知道你是有慧根的，果然不出我的意料，你对开悟有兴趣。"

然后，老先生打开他随身携带的皮箱，拿出一副鞋垫来，他说："这

/205/

鞋垫叫作开悟鞋垫，是我自己发明的，你不要看它薄薄的一片，是非常有功效的。只要穿上我的开悟鞋垫，就会得到源源不绝的快感，打开你的灵台、冲破你的盲点，使你进入快乐三昧，很快地得到开悟。"

老先生源源不绝地讲了一大串，我听了觉得好笑，就好像听魔毯的故事一样，他看我有点不信的样子，着急地说："当然，开悟用讲的是不准的，要用体验的才准，你把鞋子脱下来，体验一下就知道了。"

说着，作势就要来脱我的鞋子，引起旁边旅客的侧目，我说："我自己来。"

我把鞋子脱了，老先生把鞋垫放到我的鞋里："来！来！体验一下！"

我把鞋子穿起来。体验了半天，一点也没有什么异样，当然更别说开悟了。老先生颇为期待地说："怎么样？有没有快感？"

"没什么特别的感觉。"我老实地说。

他面露失望："怎么会呢？许多人一穿就有感觉了，可能你穿的时间太短，你买一双穿，保证有感觉，如果穿一个星期还没有感觉，就把鞋垫反过来穿。"

"你刚刚不是说可以开悟吗？现在怎么变成感觉了，穿所有的鞋垫都会有感觉呀。" "年轻人！你不懂，三昧就是一种快感呀！"这时候，广播里播出登机的时刻到了，老先生更着急，这时他不讲开悟了，他央求着："买一双吧！这是我自己研究发明的，如果没效，下次你来松山机场找我，我都在这里的。"我说："这开悟鞋垫一双多少钱？"

"一千元。"老先生说。我以为听错了，又问过一次，确定是一千元。我说："老先生，不是我不想开悟，一千元实在太贵了。"他看我要去赶飞机，拉住我："那这样好了，算你一双五百元。"我摇摇头。"年轻人！这样吧，就算你帮我忙，五百元你买一双，我再送你一双，今天一整天我都没卖出一双呢！"

后来，我买了一双开悟鞋垫，又附送了一双，我想，一个人年纪大了，还要到机场推销自己发明的东西，这勇气就值得五百元的鼓励了，虽然我知道那非关开悟。

到高雄的时候，朋友来接飞机，我当场把老人附赠的一双开悟鞋垫送给朋友，我说："穿上这鞋垫就会得到源源不绝的快感，打开你的灵台、冲破你的盲点，使你进入快乐三昧，很快地得到开悟。"

朋友看我说得认真，忍不住笑，半信半疑地问："是真的还是假的？"

"当然是假的，如果这世界真有使人会开悟的鞋垫，菩萨就不必出去普度众生，只要去卖鞋垫就好了！"我说。

但这一件事使我们知道现代人是多么渴求开悟呀！不只是开悟鞋垫，以前有人送我一种茶，说是得到特别的加持，喝了就会开悟。还有人送我一束香，说常焚这种香，闻久了会心开意解，得到开悟。有人介绍我去见伟大的师父，说他只要看你一眼，就会开悟。有人拉我去见伟大的居士，说这个世界只有他有能力印证别人的开悟。

开悟，在这个世界变成速食面、即溶奶粉、三合一咖啡一样的东西，一冲就好，立即享用。也像马桶堵塞时的通乐，倒一点下去，一通就乐。也由于人们速求开悟，反而失去了自觉与反省的精神。开悟的俗化，使人听到开悟时哈哈一笑，说不定将来我们可以推出一系列的商品，例如"开悟大厦""开悟家具""开悟衬衫""开悟汽水"，或者开悟什么的。

什么才是真实的开悟反而没有人在意，很少人愿意去追求了。

开悟最原始的意义，是反转迷梦为"开"，生起真实的智慧为"悟"。与"开悟"相当的名词有证悟、悟入、觉悟等。

从悟的程度来看，悟到一分称为"小悟"，悟到十分叫作"大悟"，所以古来的修行人常有"小悟数十回，大悟三五回"的自述。

从悟的快慢来看，慢的叫"渐悟"，快的叫"顿悟"，因此产生了修行上渐悟渐修、渐悟顿修、顿悟渐修、顿悟顿修的四种层次。

从悟的智解来看，解知人可以转迷得悟的道理叫"解悟"，由修行实践而亲自体验叫"证语"。

我们可以这样说：佛教修行的目的在求开悟，菩提和涅槃是所悟的智和理，菩提是能证的智慧，涅槃是所证到的真理。证悟者，在大乘称为佛，在小乘称为阿罗汉。

小乘的开悟者，是断除了三界的烦恼，证到苦集灭道的涅槃之境。大乘的开悟者，是证见了真理，断除了烦恼的扰乱，圆具无量妙德，应万境而施自在之妙用。

以上是从佛学辞典抄录下来对"开悟"最简单的定义。然后我们就会发现，不论是小乘或大乘的开悟，远非一双开悟鞋垫或一斤开悟茶叶所能为力。一般人寻求外力的开悟，却不愿意面对自己的烦恼，只是由于不肯承担罢了。

世间先有能悟之人，才有可悟之事；先有开悟之心，才有可悟之境；先有明悟之理，才能在事与境上炼心。这是多么明白的道理呀！

我们不必到处去寻求开悟的情境，而应该回来观照自己的心，当我们有觉知的心，看青山才知冬天里的青山只是被雪覆藏，看湖水才知春日里的湖水只是被风吹皱，青山与湖水的本质并未变易或消失。

开悟的鞋垫我也穿了，开悟的茶水我也喝了，但人世的烦恼与苦痛我仍然如是面对，那是我知道在波动与扰攘的世情中，唯有照管自己的身心，才是走向圆满最重要的道路。

图书在版编目（CIP）数据

林清玄：太阳下山有月光 / 林清玄著. -- 北京：
中国致公出版社，2023
ISBN 978-7-5145-1879-5

Ⅰ. ①林… Ⅱ. ①林… Ⅲ. ①散文集－中国－当代
Ⅳ. ①I267

中国版本图书馆CIP数据核字(2021)第207781号

本书由台北九歌出版社有限公司授权出版，经北京时代墨客文化传媒有限公司代理。

林清玄：太阳下山有月光 / 林清玄著
LIN QINGXUAN: TAIYANG XIASHAN YOU YUEGUANG

出　　版	中国致公出版社	
	（北京市朝阳区八里庄西里100号住邦2000大厦1号楼西区21层）	
出　　品	湖北知音动漫有限公司	
	（武汉市东湖路179号）	
发　　行	中国致公出版社　（010-66121708）	
作品企划	知音动漫图书·文艺坊	
责任编辑	丁琪德　郑紫烟	
责任校对	魏志军	
装帧设计	李艺菲	
责任印制	程　磊	
印　　刷	武汉新鸿业印务有限公司	
版　　次	2023年6月第1版	
印　　次	2023年6月第1次印刷	
开　　本	960 mm×640 mm　1/16	
印　　张	14	
字　　数	174千字	
书　　号	ISBN 978-7-5145-1879-5	
定　　价	45.00元	

月相观测日记

星期日	星期一	星期二	星期三	星期四	星期五	星期六

月亮出没时刻

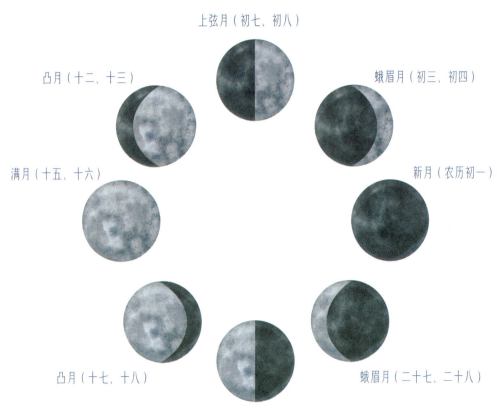

上弦月（初七、初八）

蛾眉月（初三、初四）

凸月（十二、十三）

新月（农历初一）

满月（十五、十六）

凸月（十七、十八）

蛾眉月（二十七、二十八）

下弦月（二十二、二十三）

月相	同太阳出没比较	月出	月落	夜晚可见月情形	农历出现日期
新月	同升同落	清晨	黄昏	彻夜不见	初一
上弦月	后升后落	正午	半夜	上半夜可见西边天空	初七、初八
满月	此起彼落	黄昏	清晨	彻夜可见	十五、十六
下弦月	先升后落	半夜	正午	下半夜可见东边天空	二十二、二十三